Die Braut des Flussgottes

Monika Seeberger

AF188225

FSC
www.fsc.org

MIX

Papier aus ver-
antwortungsvollen
Quellen

Paper from
responsible sources

FSC® C105338

Monika Seeberger

Die Braut des Flussgottes

Abenteuerroman

Impressum

Bibliografische Information der Deutschen Nationalbibliothek:
Die Deutsche Nationalbibliothek verzeichnet diese Publikation in der
Deutschen Nationalbibliografie; detaillierte bibliografische Daten sind
im Internet über http://dnb.dnb.de abrufbar.

© 2023 Monika Seeberger

Herstellung und Verlag: BoD – Books on Demand, Norderstedt

ISBN: 978-3-7448-9537-8

1

Zu der Zeit, als man im alten China noch an Magie glaubte und auf die Worte von Hexen und Zauberer hörte, in einem Land, wo die Männer die Haare genauso lang trugen wie die Frauen, wo die Eltern geehrt, die Mägde und Diener jedoch wie Dreck behandelt wurden, spielt die folgende Geschichte.

Es war einer dieser warmen Frühlingstage, dessen blauer Himmel einen sonnigen Tag versprach. Längst hatten sich die Bauern aus der Umgebung auf den Feldern eingefunden, um mit ihren Haken den trockenen Boden zu bestellen. Am Ufer des Yangtses versammelten sich hingegen die Kühe, um ihren Durst mit dem kühlen Flusswasser zu stillen. Eine Ruhe lag über dem Ort, einzig unterbrochen durch das fröhliche Gezwitscher der Vögel und dem Muhen der Kühe.

Diese Idylle wurde durch einen lauten Schrei jäh unterbrochen. Die Kühe hoben neugierig ihre Köpfe und blickten in die Richtung, aus welcher der Schrei gekommen war. Durch das hohe Gras kam nun eine junge Frau von ungefähr 18 Jahren gerannt. Ihre zu einem Pferdeschwanz zusammengebundenen Haare wippten bei jedem Schritt hin und her. Sie konnte ihr Lachen kaum zurückhalten.

Gleich hinter ihr, mit leicht hinkendem Gang, folgte ein junger Mann. Dieser war im selben Alter wie sie. Seine langen, schwarzen Haare hatte er ebenfalls zusammengebunden. Im Gegensatz zu der Frau sah er aber nicht sehr glücklich drein. Sein beiges Hemd und seine dunkelbraune Hose waren von oben bis unten nass. Er war es gewesen, welcher den Schrei von sich gegeben hatte. Dies nachdem die junge Frau einen Eimer Wasser über ihn ausgeleert hatte, als er soeben seinen nächtlichen Schlaf auf der Wiese fortsetzen wollte. Endlich schaffte er es die junge Frau einzuholen. Bestimmt packte er sie an ihrem Arm und hielt sie zurück. Gänzlich ausser Atem standen sie sich gegenüber, sie immer noch kichernd und er nicht weniger empört.

„Warum hast du das getan?", brachte er schliesslich keuchend hervor.

„Ich wollte nur sichergehen, dass du deine Arbeit pflichtbewusst erfüllst. Schliesslich wurdest du dazu angestellt, die Kühe zu hüten und auf sie aufzupassen."

„Erstens ist es nicht meine Aufgabe zu den Kühen zu schauen. Ich bin nur für Weiwu eingesprungen, den ich heute Morgen nicht wach gekriegt habe. Vermutlich schläft der immer noch seinen Rausch aus. Und zweitens: Seit wann kümmert es das Fräulein Lian Feng wie ich meine Arbeit erledige?"

„Ich gebe nur Acht auf einen guten Freund."

„Das nennst du Acht geben?", der Mann zeigte auf seine nasse Kleidung. Erneut entfuhr Lian ein Kichern, was in dem jungen Mann die Wut hochsteigen liess.

„Ich finde, dein aufgebrachtes Temperament verlangt nach einer Abkühlung." Fest packte er sie an beiden Armen und zog sie in Richtung des Yangtses.

Erschrocken stiess Lian einen Schrei aus, doch alles wehren half nichts. Sie wurde immer näher an den Fluss gezogen, an den verdutzten Kühen vorbei, die das Geschehene aufmerksam beobachteten. Bereits hatten die beiden das Ufer erreicht. Lian schrie nun voller Panik: „Dany Wang, lass mich los! Ich kann nicht schwimmen!"

Nun war es Dany, welcher lachte.

„Ja, ja, auf einmal hast du Angst. Aber jetzt gehst du baden." Bereits hatte er Schwung geholt, um sie ins Wasser zu stossen, als ihn ein heftiger Schlag auf den Kopf traf.

„Aua!" Dany liess Lian sogleich los und hielt seine Hände schützend über seinen Kopf, so als befürchtete er noch einen weiteren Schlag. Als er sich umdrehte, blickte er in die mürrischen Augen eines alten Mannes, der immer noch seinen Gehstock erhoben hielt.

„Was fällt dir ein?", begann dieser ihn zu beschimpfen. „Willst du den Flussgott wütend machen?"

Die beiden jungen Leute schauten sich überrascht an. Der alte Mann kam nun aber erst richtig in Fahrt: „Kein Wunder, dass sich der Flussgott mit der jährlichen Opfergabe nicht mehr zufriedengibt, wenn sich die heutige Jugend ihm gegenüber so respektlos verhält. Leute wie ihr sind daran schuld, dass unsere Felder regelmässig von Überschwemmungen heimgesucht werden. Ihr solltet euch schämen."

Dany und Lian hatten keine Ahnung wovon der alte Mann sprach.

„Lass die jungen Leute in Ruhe." Eine alte Dame, welche nun neben den Mann trat, sprach beschwichtigend auf ihn ein und packte ihn sanft an seinem Arm. Der alte Mann liess sich nach kurzem Zögern von der alten Dame wegziehen. Nicht aber, ohne ein letztes Mal drohend seinen Gehstock in der Luft herum zu schwingen, so dass Dany vorsorglich nochmals seinen Kopf einzog.

Schweigend warteten die beiden, bis sich das alte Ehepaar entfernt hatte. Dann blickte Dany, welcher immer noch in seiner triefend nassen Kleidung steckte, wieder zu Lian. Sein ganzer Ärger war inzwischen verflogen.

„Lian?"

Die angesprochene löste ebenfalls ihren Blick von dem alten Ehepaar und sah ihn an.

„Es tut mir leid."

„Was?"

„Dass ich soeben so ausgerastet bin. Ich hätte dich beinahe in den Fluss gestossen." Beschämt blickte Dany zu Boden.

„Naja, mir tut es auch leid. Zumindest ein wenig. Ich hätte vielleicht nur den halben Eimer Wasser über dich ausleeren sollen", ein leises Kichern entfuhr Lian.

Dany lächelte nun ebenfalls. Er hatte Lian zu lieb, um ihr noch weiterhin böse zu sein.

„Ich frage mich, wovon der alte Mann gesprochen hat?", wunderte sich Lian.

„Ich hab auch keine Ahnung", gab Dany ehrlich zu. In Gedanken versunken griff er in seine nassen Hosentaschen und ertastete dabei ein Armband. Er hatte es selber geknöpft und war erst vor einigen Tagen damit fertig geworden. Seitdem trug er es mit sich herum. Wie gerne hätte er das Freundschaftsband hervorgeholt und es Lian als Geschenk angeboten. Jedoch fehlten ihm in den letzten Tagen, wie auch jetzt der

9

Mut dazu. Warum sollte sich auch jemand wie Lian gerade für ihn interessieren? Betrübt blickte er auf seinen linken Fuss, der etwas kürzer geraten und der Grund für seinen hinkenden Gang war.

„He Dany, schläfst du jetzt schon im Stehen?" Lian sah ihn leicht genervt an. „Falls du nicht mit mir plaudern willst, kannst du es mir auch direkt sagen, statt mich einfach zu ignorieren."

Er zog seine Hand aus der Hosentasche hervor, doch ungewollt blieb das Armband an seinem Ärmel hängen und fiel auf den Boden.

„Was ist das?" Lian beugte sich hinunter zur Erde.

Als Dany realisierte, was neben ihm auf dem Boden lag, lief er rot an.

Inzwischen hob Lian das Armband neugierig auf und betrachtete es bewundernd. Es war mit roten und schwarzen Bändern geknöpft und wies ein welliges Muster auf.

„Gefällt es dir?", brachte Dany endlich hervor.

„Es ist wunderschön. Für wen ist es?" Lian sah Dany aufmerksam an. Sie wusste genauso wie er, dass es eine Liebesbekundung war, wenn der Mann einer Frau ein Freundschaftsband schenkte.

Dany war sich im Klaren, dass dies seine Gelegenheit war, ihr seine Liebe zu gestehen. Doch sogleich machte sich Angst in ihm breit. Was, wenn sie in ihm nur einen Kumpel sah und nichts von ihm wollte?

„Es gehört noch niemanden. Ich habe es aus Langeweile geknöpft", log er schliesslich. Jedoch, als er Lian's enttäuschtes Gesicht bemerkte, fügte er schnell hinzu: „Wenn es dir gefällt, darfst du es haben."

„Wirklich?" Sogleich hellte sich Lian's Gesicht wieder auf. Sie reichte Dany das Armband, schob den rechten Ärmel nach hinten und streckte ihm ihren Arm entgegen.

„Du willst es an deinem Arm tragen?" Dany blieb vor lauter Glück beinahe der Atem stehen.

„Natürlich. Warum sollte ich nicht? Schliesslich sind wir doch Freunde. Oder?"

„Na klar." Dany nickte mit seinem Kopf, der immer noch rot leuchtete. Mit zittrigen Händen griff er nach dem Armband. Er war so nervös, dass es ihm erst im dritten Versuch gelang einen Knoten zu binden. Lian tat so, als würde sie es nicht bemerken. Stolz streckte sie schliesslich ihren Arm in die Höhe.

„Es ist wunderschön." Glücklich nahm sie ihren Arm wieder nach unten und schob den Ärmel nach vorne. „Nun muss ich aber gehen. Ich hab heute noch eine Menge Arbeit zu erledigen." Kurz winkte sie Dany zu. Unterwegs hob sie den leeren Eimer wieder auf und folgte dann einem Pfad, der in die Stadt führte.

Dany sah ihr nach, bis er sie hinter einer Anhöhe verschwinden sah. Dann begab er sich zu der Kuhherde. Die meisten Tiere hatten sich inzwischen ein schattiges Plätzchen unter einem Baum gesucht oder sich ins Gras gelegt. Nachdem Dany sein nasses Hemd ausgezogen und zum Trocknen über den Ast eines Baumes gehängt hatte, tat er es ihnen gleich. Seine Gedanken waren bei Lian. Und so schloss er seine Augen und schlief bald darauf mit einem zufriedenen Lächeln auf den Lippen ein.

Das nächste Mal wurde er nicht mit Wasser, jedoch mit sanften Fusstritten geweckt. Als er seine Augen öffnete stand sein Freund Weiwu vor ihm.

Dany verzog sogleich sein Gesicht: „Jetzt weiss ich, weshalb du immer ausgewählt wirst um die Kühe zu hüten. Mit deinem Gestank vertreibst du jegliche Wildtiere im Handumdrehen."

Weiwu, welcher noch nicht wirklich wach war, musste zuerst einmal laut Gähnen. Die Bemerkung von Dany ignorierend, setzte er sich neben ihn ins Gras.

„Danke Dany, dass du für mich eingesprungen bist. Du kannst dir nicht vorstellen, was ich für einen Kater habe."

„Wenn dein Kater genauso stark ist wie dein Gestank, dann muss er sehr schlimm sein."

Tatsächlich roch Weiwu stark nach Alkohol und Schweiss, und sein beiges Hemd wies dunkle Flecken auf.

„Hör mal Hinkebein, ich bin dir ja sehr dankbar, dass du meine Aufgabe heute Morgen übernommen und die Kühe auf die Weide geführt hast. Aber das gibt dir noch lange keinen Freipass mich zu beleidigen."

„Glaub mir Weiwu, ich beleidige dich nicht, ich sage nur die Wahrheit. Bevor du heute Abend mit den Kühen zurückkehrst, solltest du dich unbedingt im Fluss waschen, und dein Hemd gleich dazu."

„Ist ja schon gut." Weiwu hob abwehrend seine Hand. „Ich kann einfach nicht verstehen, wieso wir diese Bauernarbeit verrichten müssen?"

„Vielleicht deshalb, weil der Besitzer dieser Kühe der Bruder unserer Chefin ist?", gab Dany zu bedenken.

„Apropos Chefin. Wie ich gehört habe, hat Frau Kong heute wieder ausgesprochen schlechte Laune. Du gehst besser schnell zurück, bevor sie bemerkt, dass du nicht da bist. Du weisst ja, wie gerne sie dich hat."

„Oh, verdammt!" Dany stand erschrocken auf, griff nach seinem inzwischen trockenen Hemd und zog es sich über. Wenn er etwas nicht gebrauchen konnte, dann war es Ärger mit Frau Kong. „Jetzt schuldest du mir was!", rief er Weiwu beim Weggehen zu.

„Freundschaftsdienste verlangen keine Rückzahlung", antwortete dieser gähnend.

Die Worte von Weiwu hörte Dany bereits nicht mehr. So schnell er konnte, machte er sich auf den Weg zurück in die Stadt.

2

Kaum war Dany beim Anwesen der Familie Kong angelangt, schnappte er sich einen Besen, um als erstes die Wege und Plätze zu reinigen. Er wusste, dass Herr Kong es liebte bereits am Vormittag einen Spaziergang zu machen, um dabei sein Grundstück zu inspizieren. Und er wollte sichergehen, dass sein Chef alles zu seiner vollen Zufriedenheit vorfinden würde.

Seit einigen Jahren arbeitete Dany bei der Familie Kong, welche zu einer der reichsten in der Stadt zählte. Herr Kong verdiente sich das Geld als Beamter und war in der Stadt ein angesehener Mann. Dany war für die Garten- und Reparaturarbeiten zuständig. In dem aus einem grossen Garten und mehreren Gebäuden bestehende Anwesen, darunter einer Unterkunft für die Angestellten, gab es für ihn immer etwas zu tun. Die zwanzig Angestellten erhielten als Lohn Kost und Logis und jeden Monat ein bisschen Geld, das aber kaum für neue Schuhe oder Kleidung ausreichte.

Trotz seines Fleisses wurde Dany nur mit den niedrigsten Aufgaben betraut. Dies lag vor allem daran, dass Frau Kong, seine Chefin, eine nicht zu übersehende Abneigung, wenn nicht sogar Hass, gegen ihn hegte. Wäre es an ihr gelegen, hätte Dany niemals bei ihnen zu arbeiten begonnen. Bis anhin sicherte ihm die Sympathie, welcher ihm Herr Kong entgegenbrachte, seine Arbeit. Dieser liebte nämlich seinen Garten über alles und war deshalb sehr erfreut über seinen begnadeten Gärtner.

Kaum, dass Dany mit dem Fegen des Platzes begonnen hatte, kam Herr Kong durch den Hof spaziert. Obwohl sein Chef nur ein wenig grösser war als Dany, hatte er doch etwas Erhabenes und Würdevolles an sich. Dany legte seinen Besen zur Seite und begrüsste ihn mit einer Verbeugung. Herr Kong stoppte direkt vor ihm, nickte zur Begrüssung und sah sich dann um. „Die Fassade hat bereits lange keinen neuen Anstrich erhalten", bemerkte er schliesslich, während sein Blick auf einem Vorbau des Wohnhauses ruhte. Dessen rote Fassade war tatsächlich von der Sonne bereits stark verblasst.

Dany kannte seinen Chef gut genug um zu wissen, dass dieser eine solche Aussage nicht ohne Hintergedanken machte und es sozusagen bereits als klarer Befehl gedacht war. Darum antwortete er sogleich: „Ich werde mich noch heute darum kümmern."

Herr Kong drehte sich zufrieden von ihm ab und ging weiter, ohne noch ein Wort zu verlieren. Schnell griff Dany nach seinem Besen und begab sich damit zu einem Schuppen, der auch als Werkstatt diente und wo alle möglichen Materialien gelagert wurden. Leider hatten sie keine rote Farbe mehr auf Vorrat. Dies bedeutete, dass er sich bei Frau Kong das benötigte Geld für den Kauf von neuer Farbe zu besorgen hatte. Zum Leidwesen der Angestellten hatte es sich Frau Kong zur Aufgabe gemacht die Haushaltskasse zu führen, wobei sie extrem geizig war. Einzig, wenn es darum ging für sich und ihre Tochter neue Kleider oder teuren Schmuck zu kaufen, zeigte sie sich freigiebig.

Als er Frau Kong mitteilte, dass er Farbe für den Anstich der Fassade benötigte, sah sie ihn mit ihren stechenden Augen misstrauisch an. Das Geld rückte sie schliesslich erst heraus, nachdem sie sich von ihrem Mann bestätigen liess, dass dieser tatsächlich den Auftrag dazu gegeben hatte.

Als Dany etwas später, ausgerüstet mit der benötigten Farbe, vom Markt zurückkehrte, vernahm er Stimmen aus dem Wohnhaus. Anscheinend hatte die Familie Kong während seiner Abwesenheit Besuch erhalten.

Er kümmerte sich jedoch nicht weiter darum. Auf der Frontseite der Fassade legte er Farbe, Pinsel und Leiter bereit. Sobald er die Fläche mit dem Besen und einem feuchten Lappen gereinigt hatte, begann er mit dem Anstrich. Jetzt, wo er so nahe am Gebäude stand, konnte er teilweise verstehen, was drinnen gesprochen wurde.

„Sagt mir, was ich sonst noch tun kann", drang die Stimme von Herrn Kong an sein Ohr. Zu seiner Überraschung klang dieser verängstigt, wenn nicht sogar verzweifelt. Neugierig spitzte Dany deshalb seine Ohren, um alles genau zu verstehen.

„Wir haben seinem Befehl zu folgen. Sie wissen genau, was sonst geschieht."

Die Stimme, welche dies gesagt hatte, klang krächzend, so dass sich Dany nicht sicher war, ob sie einer Frau oder doch einem Mann gehörte.

Eine Weile blieb es ruhig und Dany dachte bereits, dass das Gespräch beendet worden sei, als doch wieder leises Gemurmel an sein Ohr drang. Anscheinend hatten sie ihre Lautstärke stark gedrosselt, damit man sie nicht belauschen konnte. So konzentrierte sich Dany wieder auf das Anstreichen der Fassade. Er kam gut voran.

Bereits hatte er die eine Hälfte der vorderen Fassade fertig gestrichen, als er wieder Herrn Kongs Stimme vernahm. Kurz darauf verliess dieser, gefolgt von einer Frau und einem Mann das Haus. Die beiden Gäste trugen eine ungewohnte Aufmachung, so dass Dany erstaunt mit seiner Arbeit aufhörte, um die beiden zu betrachten. Eine alte Frau mit hagerer Statur und grauen Haaren ging voraus. Sie trug einen langen, dunklen Umhang mit einem silbernen Muster darauf. Ihr folgte ein grosser, kräftiger Mann mit kantigen Gesichtszügen. Er hatte einen langen, komplett schwarzen Umhang an und in seiner Hand hielt er eine Schriftrolle. Von den beiden ging nicht nur wegen ihrer düsteren Kleidung eine Kälte aus. Auch ihre Augen wirkten bösartig.

Dany fröstelte es beim Anblick der beiden, trotz den warmen Temperaturen.

„Sie tun sich gut daran, die Frist einzuhalten", ertönte wieder die krächzende Stimme, welche zu Dany's Überraschung von der alten Frau stammte.

Herr Kong nickte sogleich mit seinem Kopf: „Keine Sorge, es steht zu viel auf dem Spiel, als dass ich den Termin nicht einhalten würde."

Die beiden Gäste drehten sich nun zum Eingangstor. Dabei kreuzten sich die Blicke von der alten Frau und Dany. Dieser sah sich beim Lauschen ertappt. Schnell wendete er sich wieder seiner Arbeit zu, nicht ohne durch die Augenwinkel wahrzunehmen, wie die Frau ihn misstrauisch beäugte.

Nachdem die beiden Gäste das Grundstück verlassen hatten, blieb Herr Kong eine ganze Weile in Gedanken versunken vor dem Wohnhaus stehen. Er schien Dany dabei überhaupt nicht zu bemerken.

„Paps, ist alles in Ordnung?" Dany sah hoch und erblickte Yule, die Tochter von Herrn Kong, welche sich diesem nun besorgt näherte. Obwohl Yule gleich alt war wie Lian, war ihre Art viel kindlicher. Ihr schien die Rolle der kleinen Tochter zu gefallen und nur wenn die Familie Kong hohe Gäste zu Besuch hatte, bemühte sich Yule sich wie eine richtige Dame zu benehmen. Dany beobachtete, wie sie zu ihrem

Vater hintrat und ihn liebevoll umarmte. Sie trug ein rosarotes, seidenes Kleid und ihre schwarzen Haare hatte sie zu einer kunstvollen Frisur hochgesteckt. Herr Kong wendete seinen Kopf von ihr weg, direkt in Danys Richtung, so dass dieser die Tränen in dessen Augen sehen konnte. Erst jetzt nahm auch sein Chef ihn wahr. Schnell wischte er sich über seine Augen.

„Komm Yule, lass uns hineingehen." Zärtlich legte er seine Hand auf ihre Schulter und führte sie ins Wohnhaus.

Bis nach dem Mittag war Dany mit dem Streichen der Fassade beschäftigt. Danach wandte er sich wieder dem Garten zu. Die Gartenarbeit war seine liebste Beschäftigung, weil er hier in Ruhe gelassen wurde. Und weil er dabei oft unbeobachtet war, gab ihm dies die Möglichkeit, seinen Gedanken nachzuhängen. Und heute, wie auch all die anderen Tage, drehten sich diese nur um eine Person: Lian.

Dany und Lian kannten sich bereits seit ihrer Kindheit. Schon damals hatten sie ihre ganze Freizeit zusammen verbracht und auch all ihre Geheimnisse miteinander geteilt. Während Dany wegen seinem hinkenden Bein von den anderen Kindern ausgelacht wurde, war es bei Lian ihrer armen Eltern wegen. So taten sich die zwei zusammen. Stundenlang spielten sie im nahegelegenen Wald, wo sie mit der Zeit jeden Winkel in- und auswendig kannten. Oft versteckten sie sich in den Höhlen des Waldes, welche sich über weite Strecken unter dem Wald ausbreiteten.

Ihre Freundschaft blieb auch bestehen, als beide in der Stadt, bei unterschiedlichen Familien, eine Arbeitsstelle fanden. Doch bei Dany hatten sich die freundschaftlichen Gefühle seit einiger Zeit verändert. Es waren neue Gefühle dazugekommen. Tiefere und intensivere. Nur, dass er bis zum heutigen Tag nicht gewagt hatte, ihr diese zu offenbaren.

Dany war so in seine Gedanken versunken, dass er nicht bemerkte wie Yule an ihn herangetreten war.

„Hallo."

„Was?" Dany drehte sich um, immer noch mit seinen Gedanken bei Lian und erschrak, als er erkannte, wen er vor sich hatte.

„Oh, Entschuldigen Sie. Ich habe Sie nicht kommen hören." Schnell erhob sich Dany und verbeugte sich vor Yule.

„Du sollst mich doch nicht Siezen", tadelte sie ihn sogleich.

„Aber du weisst doch, dass es deine Mutter so haben möchte."

Yule blickte sich kurz um und hob ihre Arme: „Sie ist aber nicht hier. Also brauchst du mich nicht zu Siezen. Verrätst du mir, an was du gedacht hast? Ich stehe bereits seit einer Ewigkeit hier und beobachte dich, wie du Löcher in die Gegend starrst."

Dany sah verlegen zu Boden.

„Ah, ich verstehe. Und wer ist die Glückliche?"

„Wie?" Dany tat so, als hätte er die Frage nicht verstanden, doch seine sich rötenden Wangen verrieten ihn sogleich.

„Jetzt tu nicht so." Yule sah ihn ungeduldig an. „Du bist ein viel zu schlechter Lügner, als dass du mir etwas vormachen könntest."

Dany druckste sich weiter herum, aber Yule gab nicht auf: „Komm schon, ich verrate dir ja auch meine Geheimnisse."

Dies allerdings stimmte. Yule, die einzige Tochter von Herrn Kong war oft bei ihm, um mit ihm zu plaudern. Dies sehr zum Leidwesen von Frau Kong, welche vermutlich deswegen einen solchen Groll gegen ihn hegte. Doch als Einzelkind war es Yule oft langweilig in dem Haus und Dany war der einzige Angestellte, der in ihrem Alter war und der in ihren Augen einen ihr angemessenen Bildungsstand besass. Und im Gegensatz zu den anderen Angestellten, welche Yule für eingebildet und hochnäsig hielten, konnte Dany sie ebenfalls gut leiden.

„Du kennst sie nicht", gab er ihr schliesslich zur Antwort.

Doch damit war die Neugierde bei Yule erst richtig geweckt.

„Oh, so schön", freute sie sich für ihn. „Seid ihr einander bereits versprochen?"

Dany schüttelte nun seinen Kopf: „Ich bin keiner Frau versprochen."

„Ach, das gibt es?" Yule war erstaunt. „Ich dachte, jeder wird einer anderen zur Heirat versprochen."

„Das mag in euren Kreisen so sein. Doch bei uns ist es was Anderes. Da ist es nicht immer einfach, jemanden zu finden."

„In euren Kreisen", wiederholte Yule beleidigt. „Das hört sich ja so an, als wären wir etwas abstossendes."

„Entschuldige. So war das nicht gemeint."

„Yule! Was treibst du dich wieder mit dem Angestellten herum?" Die schreiende Stimme von Frau Kong liess sie beide zusammenzucken. Doch es war zu spät. Bereits tauchte Frau Kong vor ihnen auf und sah Dany verächtlich an.

„Wie oft muss ich dir noch sagen, dass du meine Tochter mit deinem dummen Geschwätz verschonen sollst?", schnauzte sie Dany an. „Wenn du zu wenig Arbeit hast, kann ich dir gerne noch welche dazu geben."

„Entschuldigen Sie Frau Kong." Sofort wandte sich Dany von den beiden Frauen ab und widmete sich wieder der Gartenarbeit.

„Schätzchen. Kleines. Du solltest doch wissen, dass die Angestellten für das Arbeiten bezahlt werden. Dieses faule, ungebildete Pack ist kein Umgang für jemanden wie dich."

„Aber... " begann Yule, stoppte aber sogleich ihren Satz, als sie den strengen Blick ihrer Mutter bemerkte. „Keine Sorge Mama, ich habe nur geschaut, dass er seine Arbeit richtig macht", behauptete sie schliesslich, um ihre Mutter zu besänftigen.

„Gut! Und sollte dich der Angestellte belästigen, werde ich mich sogleich nach einem anderen umsehen."

Dany biss sich auf seine Lippen. Auch wenn er es gewohnt war, von Frau Kong wie Dreck behandelt zu werden, schmerzte es ihn doch jedes Mal wieder aufs Neue. Durch die Augenwinkel sah er zu, wie Frau Kong ihre Tochter an der Hand nahm und sie beide weggingen.

„Genau das meine ich mit Euren Kreisen", murmelte Dany, als die beiden nicht mehr in Hörweite waren. Einen Vorteil hatte die unfaire Behandlung trotzdem, denn nun fiel es Dany viel einfacher sich auf seine Arbeit zu konzentrieren. Seine ganze Wut liess er dabei an dem Unkraut aus, welches sich zwischen den ersten Frühlingsblumen zeigte.

3

Erst spät abends, als es bereits zu dunkeln begann, durfte Dany Feierabend machen. Seine Arbeitszeiten hingen von der Laune von Frau Kong ab und heute gab sie ihm wieder klar zu verstehen, wer hier das sagen hatte. Der Groll von Dany war aber schnell verflogen, als er sich ins Zentrum der Stadt begab, wo er Weiwu und drei weitere Kollegen treffen wollte. An diesem Abend wurde in der Stadt eine grosse Hochzeit gefeiert, und so gab es in den Strassen laute Musik und Tanz. Weiwu hatte zudem erfahren, dass es noch ein grosses Feuerwerk geben sollte, weshalb sich die Freunde bereits einen guten Platz auf einer Mauer gesichert hatten. Von hier aus erhofften sie sich eine freie Sicht auf das Spektakel.

Seine Kollegen, Liming, Shunli und Linghai, waren alle einige Jahre älter als er. Die drei stammten alle aus der Stadt, einzig Weiwu kam ebenfalls wie Dany aus einem kleinen Dorf. Weiwu arbeitete wie Dany bei der Familie Kong und oft verbrachten sie ihre Freizeit zusammen. Leider durfte Lian als Frau abends nicht mehr nach draussen, weshalb Dany sie nur tagsüber treffen konnte.

Als Dany seine Freunde traf, war die Stimmung unter ihnen sehr aufgedreht. Dies lag vor allem am Alkohol, der bereits reichlich geflossen war. Dany bevorzugte es, den erhaltenen Lohn beiseite zu legen, anstatt für alkoholische Getränke auszugeben. Er wollte sich damit eines Tages ein schönes Gewand kaufen, so wie es auch Weiwu vor einigen Jahren getan hatte.

Während sie nun alle dem Treiben in den Strassen zusahen, erzählten sie sich von ihrem Tag. Dany gab dabei in theatralischer Form seine unerfreuliche Unterhaltung mit Frau Kong zum Besten.

„Ich frage mich, warum du dich so zurückhältst? Yule scheint dich doch zu mögen und lässt sich bestimmt leicht verführen", meinte Shunli.

„Sie mag zwar nicht viel im Kopf haben, aber ihr Aussehen ist makellos", stimmte ihm Linghai zu.

„Unser Dany ist halt schüchtern", versuchte Weiwu seinen Freund in Schutz zu nehmen.

„Warum sollte Hinkebein mit dieser verwöhnten Tochter abhängen? Ausser ihrem Vater am Rockzipfel zu hangen und dessen Geld auszugeben, macht sie den ganzen langen Tag sowieso nichts. Mit der würde man sich eine schöne Last aufbinden", lästerte Liming, der wie immer am meisten getrunken hatte.

Dany schwieg die ganze Zeit und tat so, als würde er etwas Interessantes in den Strassen beobachten. Er fand es ungerecht, wie sie über Yule sprachen. Weil er aber seine Kollegen nicht verärgern wollte, fand er es besser, seine Meinung für sich zu behalten.

„Jetzt hab ich´s", meldete sich wieder Liming zu Wort. „Dany interessiert sich nicht für Yule, weil er bereits eine andere hat."

„Natürlich. Warum sonst sollte er kein Interesse an ihr zeigen?" Pflichtete ihm Shunli bei und Linghai fragte: „Sag schon Dany, wer ist die Auserwählte?"

„Ich weiss, wer das ist." Liming machte ein gewichtiges Gesicht: „Die einzige, welche als seine Angebetete in Frage kommt ist dieses Bauernmädchen aus seinem Dorf. Die beiden sind ja ständig zusammen."

Dany spürte, wie sich alle Blicke auf ihn richteten. „Wenn ich immer mit ihr zusammen bin, warum ist sie dann nicht hier?", konterte er schnell.

„Ha, du weichst mir aus", gab sich Liming siegessicher. „Das muss bedeuten, dass ich doch Recht habe. Das zeigt wieder die Dummheit von unserem Dany. Statt sich mit einer Tochter aus reichem Hause abzugeben, hängt er mit einem armen Bauerntrampel herum."

Seine Kollegen begangen zu lachen. Einzig Weiwu sah seinen Freund an und meinte: „Also ich kann Dany verstehen. Wer will schon Frau Kong als Schwiegermutter haben. Da kann man sich gleich sein eigenes Grab schaufeln."

Erneut brachen seine Kollegen in lautes Gelächter aus. Ein lauter Knall liess sie aber sogleich verstummen. Ein Feuerwerk, in all seinen Farben, begann den Nachthimmel zu erhellen, wodurch die Unterhaltung unweigerlich gestoppt wurde. Dany war es recht. Dankend blickte er seinen Freund Weiwu an, der ihm kurz zu nickte, seine Aufmerksamkeit dann aber ganz dem Feuerwerk widmete. Das Brautpaar hatte für den Feuerzauber keine Kosten gescheut und es schien nicht mehr aufhören zu wollen. Dies zum grossen Entzücken des Volkes, welches nach jedem einzelnen Leuchtkörper freudig applaudierte.

Als schliesslich doch der letzte Leuchtkörper am Himmel erlosch, war auch das unbeendete Gespräch vergessen. Stattdessen sprachen die Freunde über das frisch verheiratete Brautpaar, von dem es viele Gerüchte gab. Sie blieben sitzen, bis die Musik aufhörte und es Zeit wurde, sich zu verabschieden.

Dany und Weiwu begaben sich gemeinsam zurück zum Anwesen der Familie Kong. Eine Weile gingen sie schweigend nebeneinander her.

„Die anderen hatten recht mit Lian, nicht wahr?"

Dany sah Weiwu an, abwägend ob er es ihm sagen sollte. „Ja", gab er dann ehrlich zu.

„Mach dir nichts aus dem Gerede der anderen. Lian hat das Herz am rechten Fleck und dass ist es doch was zählt."

„Danke." Dany war sichtlich erleichtert, dass wenigstens sein Freund Weiwu ihn verstand.

„Weiss sie es, dass du sie liebst?"

„Nein."

Bereits hatten sie das Eingangstor zum Anwesen erreicht. Weiwu blieb stehen und klopfte an das Tor. „Warum sagst du es ihr nicht?"

Dany überlegte einen Augenblick und meinte dann: „Weil ich unsere Freundschaft nicht zerstören möchte."

„Was für einen Quatsch. Wenn ihr gute Freunde seid, würde dies doch nichts an eurer Freundschaft ändern. Ich denke, du bist einfach Feige."

Ein Angestellter öffnete ihnen das Eingangstor, grüsste sie und liess sie hinein. Dany folgte seinem Freund schweigend, während er über dessen Worte nachdachte. Er wusste, dass Weiwu mit seiner Behauptung nicht ganz Unrecht hatte.

4

Dany und Lian trafen sich einige Tage später im Park. Bereits vorgängig hatten sie sich dazu verabredet ihren freien Nachmittag gemeinsam zu verbringen. Weil es jedoch unsittlich gewesen wäre, wenn sich die beiden alleine getroffen hätten, hatte Dany seinen Freund Weiwu mitgebracht und auch Lian hatte ihre Freundin Raina dabei. Dies sehr zur Freude von Weiwu, der keinen hell daraus machte, dass ihm die junge Frau gefiel.

Der Park war an diesem Nachmittag voller Menschen, welche durch das sonnige Wetter nach draussen gelockt worden waren. Eltern waren mit ihren Kindern gekommen, welche freudig über die Wiese rannten. Ältere Leute sassen unterdessen auf den Bänken, unterhielten sich und sahen vergnügt dem Treiben zu. Die vier Freunde aber setzten sich im Park auf die Wiese, lachten und plauderten miteinander.

Mit der Zeit rückten Raina und Weiwu immer näher zusammen und flüsterten sich ständig wieder Dinge ins Ohr. Dany und Lian dagegen legten sich irgendwann nebeneinander ins Gras und beobachteten die Wolken, welche am Himmel vorüberzogen. Dabei schielte Dany immer wieder auf das Armband, welches Lian zu seiner Freude immer noch an ihrem Handgelenk trug.

„Schau mal einer an. Wen haben wir denn da!" Die unverkennbare Stimme von Liming liess Weiwu und Dany sich sogleich umsehen. Tatsächlich kam Liming gemeinsam mit Shunli auf die vier zu spaziert. Wobei Liming eher schwankte als ging, da er sichtlich angetrunken war.

Vor Dany und Lian, welche sich inzwischen im Gras aufgesetzt hatten, blieb er schliesslich stehen.

„Ich wusste doch, dass ich Recht habe." Liming klopfte sich freudig auf die Oberschenkel. Und an Shunli gerichtet fuhr er fort: „Erst noch hat er uns gegenüber behauptet, dass er nichts von dem Bauerntrampel wissen will."

„Das ist nicht wahr", versuchte Dany sich zu verteidigen, doch Liming winkte ab. „Kein Problem. Ich kann ja verstehen, dass du dich ihretwegen schämst. Aber keine Sorge, deswegen bleiben wir weiterhin Kumpels."

Als nächstes wandte sich Liming an Weiwu. „Sag mal, wo hast du denn dieses hübsche Mädchen aufgegabelt?" Bewundernd betrachtete er Raina von oben bis unten. Dies sehr zum Ärger von Weiwu, der sich sogleich nach vorne beugte, um ihm so die Sicht auf sein Mädchen zu verdecken. „Hat man dir keinen Respekt gegenüber von Frauen beigebracht?", schimpfte Weiwu.

Liming hörte ihm aber überhaupt nicht zu und sprach wieder zu Shunli: „Wie ich sehe, hat Weiwu einen besseren Geschmack als unser Dany."

„Liming, das reicht!" Es war nicht Dany, der diese Worte gesprochen hatte, sondern Shunli, dem die ganze Sache sichtlich unangenehm war. „Komm Liming. Lass uns weitergehen!" Bestimmt packte ihn Shunli am Arm und zog ihn weg.

„Da wird Linghai aber staunen", lallte dieser beim Weggehen, „wenn ich ihm erzähle, dass Hinkebein doch auf dieses hässliche Mädchen aus seinem Kaff steht."

Alle vier sahen entrüstet zu, wie sich die beiden langsam von ihnen entfernten, wobei Liming beinahe noch über ein Kind stolperte, welches am Boden mit einem Stock spielte.

Endlich waren die beiden weg. Dany blickte zu Lian, welche ihn mit Tränen in den Augen betrübt ansah.

„Ist alles in Ordnung?", fragte Dany endlich, obwohl er selber sehen konnte, dass dem nicht so war.

„Liming ist echt ein Schwein, wenn er getrunken hat", schimpfte Weiwu.

Erneut trat schweigen ein. Abrupt erhob sich Lian und zupfte sich ihr Kleid zu Recht. Mit zittriger Stimme wandte sie sich an Raina: „Wir sollten gehen. Es ist schon spät."

Raina erhob sich ebenfalls. Sie wäre gerne bei Weiwu geblieben, doch sie sah, dass ihre Freundin sie jetzt brauchte. Kurz winkte sie Weiwu und Dany zum Abschied zu und folgte Lian, welche ohne sich zu verabschieden weggegangen war.

„Was bist du nur für ein Idiot?", sprach Weiwu ungläubig. „Da wird das Mädchen, welches du angeblich liebst zu tiefst beleidigt, und das einzige was du machst, ist sie zu fragen ob alles in Ordnung ist?" Weiwu schüttelte seinen Kopf. „Nicht einmal seinen Freund würde man einfach so im Stich lassen."

„Was hätte ich denn tun sollen?", fragte Dany, obgleich er die Antwort dazu bereits selber wusste.

„Du hättest dich für Lian einsetzen können, als Liming sie beleidigte, oder sie trösten sollen, nachdem er gegangen war."

Dany sah nachdenklich Lian und Raina nach, welche sich bereits in beträchtlicher Entfernung befanden. Plötzlich erhob er sich und rannte den beiden hinterher. Weiwu folgte ihm sogleich nach.

„Lian! Lian, warte!"

Als Lian ihren Namen vernahm, blieb sie stehen und sah sich um. Als sie sah, dass es Dany war, welcher nun auf sie zu gerannt kam, ging sie wieder weiter. Dany holte sie schliesslich ein und versperrte ihr den Weg.

„Lian, es tut mir leid", keuchte er.

„Ach ja, jetzt auf einmal? Vorhin schien es dir noch ziemlich egal gewesen zu sein." Lian, welche sich bei Raina eingehängt hatte, blickte wütend an ihm vorbei.

Auch Weiwu war inzwischen bei ihnen angelangt. Als Dany etwas verloren vor Lian stand, stiess ihm Weiwu mit dem Ellbogen in die Rippen.

„Ich… es ist so, dass… ich meine…" Dany rang verzweifelt nach Worten. Sein Freund Weiwu verdrehte dabei ungeduldig seine Augen.

„Glaub mir, es tut mir wirklich leid", brachte Dany schliesslich hervor. „Und was er behauptet hat, dass alles stimmt überhaupt nicht."

„Das kann ich bestätigen", kam ihm Weiwu zu Hilfe.

Lian sah ihm erstmals wieder in die Augen. Die Wut in ihren Augen hatte sich gelegt. Sie nickte ihm wortlos zu.

24

„Wir müssen nun wirklich los." Ohne ein weiteres Wort zu verlieren zog sie Raina mit sich fort.

Während Dany den beiden Frauen nachsah, meinte Weiwu tadelnd: „In Sachen Frauen hast du noch eine Menge zu lernen."

5

Seit dem Vorfall im Park war bereits eine Woche vergangen. Dany hatte Lian seither nicht mehr gesehen. An diesem Vormittag war er mit dem Reparieren eines Daches beschäftigt. Mit der Leiter, welche er an die Fassade des Schuppens gestellt hatte, war er auf das Dach geklettert und wechselte nun die kaputten Ziegel gegen Neue aus. Durch die körperliche Anstrengung rann ihm der Schweiss von seiner Stirn herab. Es war kurz vor Mittag als Weiwu ganz aufgeregt zu dem Schuppen herantrat. Dany war so in seine Arbeit vertieft, dass er ihn zuerst überhaupt nicht bemerkte.

„Dany! Dany!"

Endlich hielt Dany in seiner Arbeit inne und blickte nach unten. Am Gesichtsausdruck von Weiwu erkannte er sogleich, dass etwas Schlimmes passiert sein musste. Dieser sah sich nervös um. Frau Kong hasste es, wenn ihre Angestellten während der Arbeit miteinander sprachen. „Ihr seid hier zum Arbeiten und nicht um zu reden", war ein geläufiger Spruch von ihr. Doch Frau Kong war nirgends zu sehen und so gab Weiwu ihm zu verstehen, dass er ihm dringend etwas mitzuteilen habe. Dany blickte sich sicherheitshalber ebenfalls um, bevor er die Leiter hinabstieg.

„Was ist los?"

Weiwu packte ihn am Arm und zog ihn hinter den Schuppen. Ernst blickte er Dany an: „Soeben habe ich von Raina etwas erfahren, als ich sie auf dem Markt getroffen habe. Es wird bereits überall herumerzählt."

Weiwu stoppte und rang nach Worten.

„Nun mach es nicht so spannend. Was hat sie dir erzählt?", fragte Dany neugierig.

„Es tut mir wirklich leid für dich."

Dany, der immer noch keine Ahnung hatte, von was Weiwu sprach, wurde nun unruhig und als dieser immer noch nach den passenden Worten suchte, packte er ihn am Arm. Eine Befürchtung stieg in ihm hoch: „Ist etwas mit meinen Eltern geschehen?"

Weiwu schüttelte seinen Kopf.

Beruhigt atmete Dany auf. Dann konnte es nicht so schlimm sein.

„Dany. Es tut mir wirklich leid. Ich weiss ja, wie gerne du sie hast."

Dany sah wieder hoch: „Verdammt, Weiwu, sag mir doch endlich was los ist."

„Es geht um Lian."

„Was? Was ist mit ihr?" Erneut stieg Angst in ihm hoch.

„Lian wurde vom Flussgott auserwählt. Sie wird die nächste sein", sprach Weiwu endlich die Schreckensnachricht aus.

Dany verstand immer noch nicht: „Was meinst du mit auserwählt? Wofür auserwählt?"

„Dany", begann Weiwu zu erklären, „Lian wurde als nächste Braut für den Flussgott auserwählt. Noch bevor der Sommer kommt und die Regenzeit beginnt soll sie dem Flussgott geopfert werden."

„Wie? Welchem Flussgott? Und was meinst du mit Opfern?" Dany verstand nicht und doch ahnte er, dass seiner heimlichen Liebe etwas Schlimmes angetan werden sollte.

Weiwu blickte sich um. Sie waren bereits viel zu lange von der Arbeit ferngeblieben, doch er konnte Dany nicht einfach so im Unklaren lassen.

„Weil du nicht aus dieser Gegend stammst, kannst du es nicht wissen. Jedoch wählt der Flussgott jedes Jahr eine Jungfrau zur Braut aus. Wird ihm diese verwehrt, so zerstört er die Felder und die Dörfer am Flussufer durch Überschwemmungen. Der Rat der Weisen tritt deshalb immer nach dem Beginn des neuen Jahres mit dem Flussgott in Kontakt. Dabei erfahren sie, wer geopfert werden soll."

„Was meinst du mit Opfern? Was wird mit ihr geschehen?"

„Die Braut wird während einer Zeremonie unten am Yangtse auf ein undichtes Floss gebunden und dann ins Wasser geschoben. Der Flussgott holt sie dann zu sich."

Dany schien nun endlich zu begreifen: „Lian soll getötet werden." Sein Herz zersprang bei dem Gedanken daran, was ihr angetan werden sollte. Doch warum hatte der Flussgott Lian auserwählt? Da auf einmal fiel es ihm wie Schuppen von den Augen. War er nicht erst noch mit ihr am Yangtse gewesen und hatte sie versucht in den Fluss zu werfen? Hatte der Flussgott damals Lian gesehen und wollte sie nun heiraten. Doch dann schüttelte er seinen Kopf. So einen Quatsch. Bestimmt gab es keinen Flussgott. Das war nur albernes Gerede. Bestimmt wollte ihm nur jemand einen Schrecken einjagen. Vielleicht der alte Mann, welcher ihm damals mit dem Gehstock auf den Kopf geschlagen hatte. Oder Liming wollte ihm einen Streich spielen. Genau. Das musste es sein. Wütend sah er Weiwu an: „Du lügst. Du willst mir nur Angst machen, gib es zu!"

Weiwu, der sich plötzlich einem wütenden Kollegen gegenübersah, schüttelte überrascht seinen Kopf: „Dany, ich würde mir nie so einen Spass erlauben."

Dany sah dies jedoch anders. Wütend packte er seinen Freund mit beiden Armen an den Schultern und stiess ihn rücklings gegen die Mauer des Schuppens. Weiwu nahm nun schützend seine Arme nach oben. Bereits hatte Dany seine Faust erhoben, als eine schrille Stimme an sein Ohr drang und ihn in seiner Handlung sogleich inne halten liess. Unbemerkt war Frau Kong an sie herangetreten und dabei Zeugin geworden, wie Dany auf seinen Kollegen losgehen wollte.

„Was fällt dir ein? Nicht nur, dass du meine Tochter belästigst, jetzt gehst du auch noch auf die anderen Angestellten los. Das wirst du bereuen." Frau Kong sah sich um und griff dann zu einem dicken Bambusstab, welcher an der Mauer angelehnt war und eigentlich zum Stabilisieren einer hochwachsenden Pflanze gedacht gewesen war. Mit der linken Hand packte sie Dany im Nacken, so dass ihre Fingernägel in seine Haut drangen. Mit der rechten Hand schlug sie nun eins um andere Mal auf seinen Rücken. Vor Schmerzen schrie Dany bei jedem Schlag laut auf.

Bereits über ein Dutzend Schläge waren so auf ihn niedergeprasselt, als auf einmal die Stimme von Herrn Kong ertönte: „Was ist hier los?"

Sofort hörte Frau Kong mit dem Schlagen auf, doch ihre Finger umkrallten immer noch seinen Nacken.

„Ich habe ihn soeben dabei erwischt, wie er sich prügeln wollte."

Herr Kong trat heran und nahm als erstes seiner Frau den Bambusstab aus der Hand. Sein Blick fiel auf Dany, dessen Hemd sich vom Blut rot zu färben begann. Dann schaute er zu Weiwu.

„Ist das wahr?", richtete er seine Frage an ihn.

Weiwu hätte gerne behauptet, dass nichts vorgefallen sei, jedoch spürte er den durchdringenden Blick von Frau Kong auf sich, so dass er es bevorzugte zu schweigen. Weil sich Weiwu nicht äusserte war für Herrn Kong klar, dass es nicht so dramatisch sein konnte. Wieder viel sein Blick auf Dany, der sich mit schmerzverzerrtem Gesicht auf die Lippen biss. Herr Kong wusste nur zu gut, dass seine Frau keine Sympathien für ihn übrighatte.

„Ich denke, er hat seine Strafe erhalten und seine Lektion gelernt. Habe ich Recht?"

Dany nickte, so gut es zumindest mit Frau Kongs Fingernägel im Nacken möglich war.

Frau Kong jedoch war ganz anderer Meinung: „Das letzte Mal, als zwei unserer Bediensteten sich gestritten haben, hast du sie eingesperrt. Es soll ihnen nicht besser ergehen. Was sollen sonst unsere anderen Angestellten denken, wenn du einmal so und ein anderes Mal so entscheidest?"

Herr Kong, dem kein passendes Argument dagegen einfiel nickte schliesslich: „Also gut. Ich werde die zwei bis am Abend in einen Schuppen sperren lassen."

Herr Kong rief einen Angestellten zu sich, welcher Weiwu wegführte.

Frau Kong liess es sich nicht nehmen, Dany selber zu dem Schuppen zu führen, dessen Dach er erst gerade noch am Reparieren gewesen war, um ihn dort einzusperren. Den Schlüssel zum Schuppen nahm sie vorsorglich an sich, denn sie wusste, dass Dany unter den Angestellten Freunde hatte. Sie wollte verhindern, dass ihm jemand etwas zu essen oder zu trinken bringen konnte.

Sobald die Türe ins Schloss gefallen war, sank Dany zu Boden. Die Wunden auf seinem Rücken brannten, doch noch viel mehr schmerzte sein Herz. Lian sollte geopfert werden. Immer wieder hörte er Weiwu's Worte und immer grösser wurden seine Schuldgefühle. Er war dafür verantwortlich. Nur weil er Lian zum Fluss gezerrt hatte, musste sie der Flussgott gesehen und sich in sie verliebt haben. Doch sogleich schüttelte er wieder ungläubig seinen Kopf. Es gab doch keinen Flussgott. Er war selber an einem Fluss aufgewachsen und dort hatte es auch keinen Gott gegeben. In seinem Dorf gab es einen Gott der Ernte und noch viele andere Götter. Aber es gab keinen Flussgott. Trotzdem schien es Dany, als könnte er sich vage daran erinnern, dass seine Eltern früher einmal von einem Flussgott gesprochen hatten. Um was es genau gegangen war, daran konnte er sich jedoch nicht mehr erinnern. Bestimmt war es nur Humbug gewesen. Doch wenn der Flussgott nicht existiert, warum wurde ihm dann trotzdem ein Opfer gebracht? So schwirrten die Gedanken von Dany wild hin und her. Tränen liefen ihm wieder und wieder über die Wangen. Schluchzend rollte er sich schliesslich auf dem kühlen Boden zusammen.

6

„Dany! Dany! Kannst du mich hören?"

Es dauerte einen Augenblick, bis Dany wieder wusste, wo er war. Müde rieb er sich die Augen und sah sich um. Im Schuppen war es inzwischen Dunkel und die Luft war stickig. Als sich Dany zur Seite drehen wollte, brannten die Wunden auf seinem Rücken auf. Ein Stöhnen entfuhr ihm.

„Dany?"

Diesmal erkannte er die weibliche Stimme, welche eindeutig zu Yule gehörte. Es war das erste Mal, dass er sie seinen Namen sagen hörte. Er hatte nicht einmal gewusst, dass sie seinen Namen kannte.

„Ich bin hier", antwortete er schliesslich, während er sich in der Dunkelheit immer noch zu orientieren versuchte. Da plötzlich erblickte er ein Licht, doch nicht wie er es erwartet hatte vom Fenster oder von der Türe her, sondern vom Dach herab.

„Fräulein Kong!", rief Dany erschrocken, „sind Sie etwa auf dem Dach?"

Ein leises Kichern war die Antwort.

„Fräulein Kong, es ist äusserst gefährlich auf dem Dach. Sie könnten herunterfallen und sich verletzten."

Während Dany noch sprach, öffnete sich auf dem Dach eine Luke, worauf zuerst das Licht einer Laterne und anschliessend der Kopf von Yule zu sehen war.

„Du sollst mich doch nicht so förmlich ansprechen!", tadelte ihn Yule und blickte nun vom Dach des Schuppens auf ihn herab. Erst jetzt erkannte Dany, dass es nicht nur im Schuppen, sondern auch draussen bereits dunkel war. Kurz wunderte er sich darüber, dass man ihn noch nicht aus dem Schuppen herausgelassen hatte, doch gleichzeitig war es naiv von ihm zu glauben, dass ihn Frau Kong einfach so gehen liess. Er konnte sowieso froh sein, dass ihn wenigstens Herr Kong mochte. Nur dank dessen Fürsprache hatte er heute nicht gleich noch seine Stelle verloren oder wäre halbtot geprügelt worden.

„Was machst du hier?" Dany begann sich mühsam aufzurappeln, gut darauf bedacht, seinen zerschundenen Rücken möglichst wenig zu belasten.

„Ich habe beim Abendessen erfahren, dass meine Mutter dich im Schuppen eingesperrt hat. Sie hat mit meinem Vater darüber gesprochen, dass sie nicht damit einverstanden ist, dass man dich bereits heute Abend herauslässt. Himmel noch mal, was ist mit deinem Rücken passiert?"

Beim Aufstehen hatte ihr Dany unweigerlich den Rücken zugekehrt, worauf Yule das verblutete Hemd sehen konnte.

„Es ist nichts", versuchte Dany die Verletzung herunterzuspielen, während er schnell seinen Rücken wieder von ihr abwandte.

„Hat das meine Mutter getan?"

„Es war meine Schuld", wich Dany der Frage aus. „Ich bin heute ausgerastet."

Eine Weile schwiegen beide.

Da plötzlich fiel Yule der eigentliche Grund ihres Kommens wieder ein. „Schau, ich habe dir etwas mitgebracht. Da meine Mutter dich bis morgen früh im Schuppen schmorren lässt, hab ich dir was zu essen aus der Küche geholt."

Yule drehte sich kurz von der Luke weg, liess dann aber gleich einen Korb an einem Seil in den Schuppen hinunter. Dany trat nach vorne und nahm den Korb in Empfang. In dem Korb sah er zwei Brote, einen Krug mit Wasser und einen Becher dazu. Sofort griff Dany nach dem Krug und begann sich gierig Wasser in den Becher zu füllen, um diesen sogleich wieder zu leeren. Erst als er alles Wasser getrunken hatte, stellte er den leeren Krug und den Becher wieder zurück in den Korb. Bereits fühlte er sich besser.

„Was ist genau geschehen? Weshalb bist du ausgerastet? Bist du tatsächlich auf einen anderen Angestellten losgegangen?" Die Frage von Yule löste bei Dany wieder ungewollte Gefühle aus.

Einen Augenblick überlegte er sich, ob er ihr Vertrauen und die Wahrheit sagen konnte. Doch warum sollte er es ihr nicht sagen? Hatte sie ihm nicht soeben zu Essen gebracht? Wüsste ihre Mutter davon, bekäme sie bestimmt grossen Ärger deswegen.

„Es geht um eine...", schnell überlegte sich Dany die Wortwahl. „...Kollegin. Stell dir vor, man will sie dem Flussgott opfern."

„Was?", Yules Stimme klang erschrocken.

„Ja", Dany schüttelte, von neuem entsetzt über diese Nachricht, seinen Kopf. „Ist das nicht unglaublich. Wir waren erst vor kurzem beim Yangtse unten. Ich vermute, der Flussgott hat sie gesehen und will sie nun zu seiner Frau nehmen."

„Das tut mir wirklich leid für dich, und für deine Kollegin."

„Es ist so schrecklich. Man wird sie Quälen und Töten. Und dies alles nur, damit der Flussgott nicht verärgert ist und die Felder überschwemmen lässt." Dany überlegte kurz: „Hast du schon von dem Flussgott gehört?"

Dany sah hoch und bemerkte, dass Yule im Gesicht ganz blass geworden war. „Ist alles in Ordnung?", fragte er überrascht.

Yule schüttelte ganz langsam ihren Kopf.

„Wann wurde sie als Braut auserwählt?"

„Was?"

„Seit wann weiss sie, dass sie dem Flussgott geopfert werden soll?"

Dany überlegte kurz. „Es kann noch nicht allzu lange her sein. Ich habe erst heute Morgen von Weiwu davon erfahren. Da ich aber hier eingesperrt wurde, konnte ich sie noch nicht sehen und sie persönlich danach fragen."

Yule schien noch mehr zu erblassen, wenn das in dem Augenblick überhaupt noch möglich war.

„Das ist alles meine Schuld", murmelte sie schliesslich vor sich hin.

„Was sagst du?" Dany hatte ihre Worte nicht verstanden.

„Nichts, nichts." Yule kehrte wieder mit ihren Gedanken zurück in die Gegenwart.

„Was ist eigentlich mit Weiwu", fragte Dany schliesslich, während er noch die zwei gedämpften Brote aus dem Korb herausnahm.

„Wer?"

„Weiwu. Der Angestellte, mit dem ich mich gestritten habe", erklärte er. „Man hat ihn ebenfalls in einen Schuppen sperren lassen."

„Ach so. Wie ich gehört habe, hat ihn meine Mutter am Abend gehen lassen."

„Gut!" Dany war erleichtert zu hören, dass Weiwu wenigstens nicht noch mehr bestraft wurde. Der Arme hatte ihm schliesslich nur als Freund eine Information weitergeleitet. Und als Dank dafür war er von ihm beinahe tätlich angegangen und dazu noch in einem Schuppen eingesperrt worden.

„Ich muss nun los, bevor mich jemand sieht." Auf einmal schien Yule es eilig zu haben. Schnell zog sie den Korb nach oben und war gleich darauf bereits verschwunden.

Dany, welcher sich wieder von Dunkelheit umgeben sah, blieb noch eine Weile stehen, während er die beiden Brote ass. Er fürchtete sich davor, sich beim Hinsetzen wieder die Wunden aufzureissen. Gleichzeitig war ihm auch bewusst, dass es ein grosser Fehler gewesen war, sein Hemd nicht sogleich auszuziehen. Sein Hemd klebte nun an den offenen Wunden. Würde er das Hemd abziehen, würden die Wunden wieder aufreissen. Doch noch länger zu warten, würde alles noch viel schlimmer machen. Er benötigte eine ganze Weile, bevor er den Mut dazu hatte. Dann aber griff er sich sein Hemd unten am Bund und zog es mit einem Ruck hoch über seine Schulter. Er konnte sich einen Schrei nicht unterdrücken und auch seine Tränen vermochte er nicht zurückzuhalten. Sogleich spürte er, wie frisches Blut über seinen Rücken lief.

Die Müdigkeit liess ihn sich schliesslich wieder auf den kühlen Steinboden legen. Erst jetzt kehrten seine Gedanken wieder zu Lian zurück und er fragte sich, wie es ihr nun ging. Gleichzeitig wünschte er sich, dass er bei ihr sein könnte, um sie zu trösten.

7

Wie Yule bereits gesagt hatte, wurde Dany am nächsten Morgen aus dem Schuppen herausgelassen. Frau Kong liess ihm durch einen Angestellten ausrichten, dass wenn er sich noch einmal etwas zu Schulden lassen käme, er längstens ein Angestellter bei ihnen gewesen sei.

Dany hatte jedoch nicht vor, es soweit kommen zu lassen. Mit entblösstem Oberkörper machte er sich daran, dass Dach des Schuppens fertig zu reparieren. Jedes Mal, wenn er einen Angestellten sah, erkundigte er sich nach Weiwu und überall sah er sich nach ihm um. Doch dieser schien ihm aus dem Weg zu gehen. Dany nahm es ihm nicht einmal übel.

Auch wenn ihn die Arbeit ein wenig ablenkte, kehrten seine Gedanken trotzdem ständig zu Lian zurück. Er konnte den Feierabend kaum erwarten, um endlich zu ihr zu gehen.

Als es endlich soweit war, zog er sofort los. Er wusste ungefähr, wo sie arbeitete, auch wenn sie sich nie dort getroffen hatten. Mit etwas Fragen stand er bald schon vor dem gesuchten Anwesen. Der Angestellte, welcher ihm das Tor öffnete, teilte ihm jedoch mit, dass Lian nicht mehr bei ihnen arbeitete. Und da der Angestellte Dany kannte, verriet er ihm auf Nachfragen, dass die Familie des Hauses sich davor fürchtete, die auserwählte Braut des Flussgottes weiterhin im eigenen Haus zu beschäftigen. Sie wollten nicht riskieren, dass der Flussgott auch auf ihre eigene Tochter aufmerksam wurde. Und so sei Lian bereits in ihr Heimatdorf zurückgekehrt.

Zu seinem Erstaunen erfuhr Dany zusätzlich, dass Lian bewacht wurde. Anscheinend gab es auserwählte Brautfrauen, welche vor der eigentlichen Zeremonie zu flüchten oder sich das Leben zu nehmen versuchten. Dass dies bei Lian nicht der Fall sei, dafür sollte ein unbekannter Bewacher sorgen.

Besorgt verabschiedete sich Dany von dem Angestellten. Es blieb ihm nichts Anderes übrig, seinen nächsten freien Tag abzuwarten, bis er Lian im Dorf besuchen konnte.

Die Tage zogen sich allerdings nur schleichend dahin. Es war eine harte Zeit für Dany. Nicht nur, weil er Lian nicht sehen konnte, auch Weiwu ging ihm weiterhin aus dem Weg. Und weil er abends keine Lust auf die Kommentare von Liming hatte, blieb er nach dem Feierabend auf dem Anwesen der Familie Kong.

Nach einer Woche, erhielt Dany endlich einen freien Tag. Bereits am Vorabend, gleich nach Feierabend, machte er sich zu Fuss auf den Weg in sein Heimatdorf. Er würde mehrere Stunden dafür benötigen und erst in der Nacht dort ankommen, doch das war ihm egal. Kaum hatte er die Stadt verlassen, als er sein Hemd auszog, welches ihm auf seinen Wunden scheuerte. Inzwischen hatten sich auf seinem Rücken Krusten gebildet, welche jedoch immer wieder von neuem aufrissen.

Obwohl er erschöpft von dem langen Arbeitstag war, wagte er es doch nicht zu stoppen, um sich auszuruhen. Er wollte keine Zeit verlieren, denn es galt nicht als ratsam, sich im Dunkeln alleine auf den einsamen Landstrassen aufzuhalten. Vor allem dann nicht, wenn man durch einen hinkenden Gang allfälligen Räubern zu erkennen gab, dass sie es mit einem leichten Opfer zu tun hatten.

Normalerweise nahm Dany den weiten und beschwerlichen Weg nur auf sich, wenn er mindestens zwei Tage aneinander frei hatte und dadurch tagsüber diesen Weg gehen konnte. Für Lian machte er jedoch eine Ausnahme. Er musste sie einfach sehen und wissen wie es ihr ging. Dies machte ihm auch Mut, als die Dunkelheit Einzug hielt und das Mondlicht ihm den Weg leuchten musste.

Spät in der Nacht erreichte er sein Heimatdorf. Bevor er die ersten Häuser erreichte, streifte er sich wieder sein Hemd über. Trotz der Dunkelheit wollte er sichergehen, dass niemand die Striemen auf seinem Rücken entdeckte. In einer solch kleinen Dorfgemeinschaft machten Nachrichten schnell die Runde und er wollte nicht, dass seine Eltern erfuhren, dass man ihn mit Schlägen bestraft hatte.

Das Dorf wirkte wie ausgestorben. Nur vor einem Haus sassen noch einige Männer beisammen und unterhielten sich. Trotz der Dunkelheit erkannten ihn die Dorfbewohner an seinem hinkenden Gang und grüssten ihn.

Danys Eltern wohnten am Ende des Dorfes. Im Innern des Hauses brannte noch Licht und Stimmen drangen zu ihm auf die Strasse hinaus. Die Türe aber war bereits verschlossen, so dass Dany anklopfen musste.

„Dany! Wie schön dich zu sehen!" Es war sein Vater, welcher ihm die Türe öffnete. Herr Wang war grossgewachsen und seine Haut von der Arbeit auf dem Feld braun gebrannt. Seine einst schwarzen Haare färbten sich bereits grau, doch seine Augen funkelten noch wie die eines jungen Mannes. An den Lachfalten konnte man erkennen, dass Herr Wang eine Frohnatur war. Voller Übermut schloss er seinen Sohn in die Arme. Dany konnte ein Stöhnen nicht unterdrücken, als dieser seine Wunden am Rücken berührte.

„Was ist los?" Sein Vater sah ihn überrascht an.

„Nichts", log Dany und hob abwehrend seine Hand. „Ich bin nur müde von dem langen Fussmarsch. Wo ist Mutter?", wechselte er das Thema.

„Sie ist noch in der Küche. Ich habe mir gedacht, dass du sobald du kannst nach Hause kommst." Mitfühlend sah ihn sein Vater an.

„Du hast von Lian gehört?"

„Alle im Dorf sprechen davon. Es wird gesagt, dass sie seit einigen Tagen zurück im Dorf ist, jedoch habe ich sie noch nicht gesehen. Aber komm erst einmal in die Küche, bestimmt hast du Hunger."

Dany liess sich nicht zweimal bitten. Er folgte seinem Vater in die Küche, wo Frau Wang soeben mit dem Abwasch beschäftigt war. Als diese ihren Sohn erblickte, wischte sie sich die Hände an der umgebundenen Schürze ab und trat freudig auf ihn zu. Sie war im Vergleich zu Danys Vater etwas kleiner und hatte eine rundlichere Figur. Ihre Arme waren kräftig von der harten Arbeit auf dem Feld. Auch sie freute sich sehr über das Wiedersehen und begrüsste ihren Sohn ebenfalls mit einer herzlichen Umarmung. Dies zum Leidwesen von Dany, dem erneut ein Stöhnen entfuhr, als seine Wunden berührt wurden. Doch im Gegensatz zu seinem Vater fiel dies seiner Mutter nicht auf.

Dany schnappte sich ein Brot, welches vom Abendessen noch übriggeblieben war und setzte sich auf einen Stuhl. Während er gierig zu Essen begann, bereitete seine Mutter Tee zu. Gemeinsam begaben sie sich dann ins Wohnzimmer, wo sie sich hinsetzten. Kurz erzählte Dany wie es ihm in den letzten Wochen ergangen war, wobei er die erhaltenen Schläge wohlweislich verschwieg. Auch seine Eltern informierten ihn über den neusten Dorfklatsch, doch bald kamen sie auf Lian zu sprechen.

„Erst vor kurzem habe ich vom Flussgott das erste Mal gehört und nun soll Lian ihm geopfert werden", ungläubig schüttelte Dany seinen Kopf.

„Es ist überall bekannt, dass am Yangtse jedes Jahr dem Flussgott eine Jungfrau geopfert wird. Doch niemand spricht gerne darüber. Man befürchtet, dass man dadurch das Unglück in das eigene Haus zieht", erklärte seine Mutter. „Zudem sprach man hier kaum darüber, da noch nie eine Braut aus unserem Dorf ausgewählt wurde."

„Ich habe es nie verstanden", meldete sich nun sein Vater zu Wort, „weshalb man dieses Opfer vollbringt. Der Rat der Weisen behauptet, dass der Flussgott uns vor Überschwemmungen verschont, wenn man ihm eine Braut opfert. Und doch ist, seit ich denken kann, der Fluss noch jedes Jahr über die Ufer getreten."

Dany war bei den Worten seines Vaters hellhörig geworden: „Du meinst, dass dieses Opfer unnütz ist?"

„Du sollst unserem Jungen nicht solchen Blödsinn einreden. Sonst kommt er noch auf dumme Gedanken." Tadelnd blickte Frau Wang ihren Mann an. Dieser blieb aber unbeeindruckt: „Ich bin nicht der einzige, wo so darüber denkt. Und du weisst das ebenfalls nur zu gut."

„Aber der Rat der Weisen sieht das anders."

„Pah", sein Vater verwarf wütend seine Hände. „Was wissen die schon?"

„Wer sind die Weisen?", wollte Dany wissen.

„Lass mich dir alles erklären", übernahm seine Mutter das Wort. „Es gibt fünf Weise. Ihr Oberhaupt wird der grosse Weise genannt. Dann gehören zum Rat der Weisen noch ein Zauberer und drei Hexen, welche alle nahe der Stadt auf einem Hügel wohnen. Man behauptet, dass der Rat der Weisen gegen allerlei von Krankheiten eine Medizin kennt und dass diese auch Magie beherrschen. Seit Jahren nimmt der Flussgott Ende Winter mit ihnen Kontakt auf und lässt sie wissen, welche Braut er sich ausgesucht hat. Die Weisen sind für die Zeremonie zuständig, welche an einem durch die Sterne vorbestimmten Tag stattfindet."

Seine Mutter hielt inne. Sie hatte alles mit solch grossem Respekt erklärt, dass sein Vater erneut in Rage geriet.

„So ein Quatsch. Das einzige was diese an Magie beherrschen ist es, dass sie das Volk an ihre Worte glauben lassen. Die machen sich doch ein schönes Leben mit dem Geld, welches sie den abergläubischen Leuten abnehmen. Wie man hört sollen ihre Häuser die schönsten in der ganzen Stadt sein. Sogar das Haus des Statthalters soll daneben verblassen. Doch das einzige Mal wo man die Weisen sieht ist bei der Zeremonie für den Flussgott. Ansonsten kümmert es diese doch wenig, welche Sorgen das arme Volk quält."

„Sei still." Seine Frau eilte zur Türe, so als fürchtete sie, dass jemand ihr Gespräch belauschen könnte. „Wer weiss, über welche Zauberkräfte die Weisen sonst noch verfügen."

„Da siehst du es Dany, sogar deine Mutter glaubt daran, dass die Weisen Unglück bringen. Glaub mir, von denen kommt nichts Gutes."

„Aber, wenn das alle so sehen, dann müssen wir doch Lian nicht opfern?", sprach Dany voller Hoffnung.

„Schau, was du angerichtet hast. Unserem Sohn solche Flausen in den Kopf zu setzen."

Zu Danys grosser Überraschung pflichtete plötzlich auch sein Vater ihr bei: „Was wir davon halten ist das Eine. Doch was wir machen ist was ganz Anderes. Hinter den Weisen stehen mächtige Leute. Die bisherigen Statthalter galten selber immer als Anhänger der Weisen. Beim neuen Statthalter, den wir in den nächsten Tagen bekommen, wird dies nicht anders sein. Deshalb wirst du es gefälligst sein lassen, dich mit dem Rat der Weisen anzulegen oder dich vor anderen Leuten in herablassenden Art über sie zu äussern. Hast du mich verstanden?"

Dany nickte, auch wenn er nicht derselben Meinung war. „Ich bin müde", meinte er schliesslich. Er erhob sich und wünschte seinen Eltern eine gute Nacht.

Bereits war er draussen im Korridor, als sein Vater ihm nacheilte.

„Dany."

„Was ist Vater?" Dany stoppte und drehte sich zu ihm um.

„Was ist passiert?" Fragend sah ihn sein Vater an.

„Was meinst du?"

„Dein Rücken."

Dany wurde ganz rot im Gesicht. Er hatte gehofft, dass er es vor seinen Eltern verheimlichen könnte, doch anscheinend war dem nicht so.

„Ach, das ist nichts. Nur ein Kratzer."

„Nur ein Kratzer? Ich würde eher behaupten, dass man dich geschlagen hat. Und dies so stark, dass dir bereits eine Umarmung Schmerzen bereitet und du trotz Müdigkeit es bevorzugst aufrecht im Stuhl zu sitzen, anstatt dich anzulehnen."

Dany musste einsehen, dass ihn sein Vater aufmerksam beobachtet hatte. Sowieso hatte er schon immer das feinere Gespür gehabt als seine Mutter.

Herr Wang trat zu seinem Sohn und hob das Hemd sachte nach oben. Auch wenn er nichts sagte, konnte Dany dessen entsetzen spüren, als er auf dem Rücken seines Sohnes die Wunden erblickte.

„Ich bringe dir eine Salbe vorbei, damit du deinen Rücken einreiben kannst. Dies wird verhindern, dass sich schlimme Narben bilden." Er liess das Hemd vorsichtig wieder nach unten sinken.

„Vater, darf ich dich um einen gefallen bitten?"

Herr Wang sah ihn kurz an. „Mach dir keine Sorgen. Ich werde deiner Mutter nichts davon erzählen."

Ohne ein weiteres Wort zu verlieren ging er weg.

Auch Dany begab sich in sein Zimmer. Die Salbe, welche ihm sein Vater brachte, kühlte seine Wunden angenehm. Trotz seiner Müdigkeit fand er danach lange keinen Schlaf. Seine Gedanken drehten sich um das Gespräch, welches er mit seinen Eltern geführt hatte. Würde tatsächlich ein schlimmes Unglück passieren, wenn der Flussgott keine Braut bekäme? Und wenn nicht, warum führten die Weisen trotzdem jedes Jahr diese schreckliche Zeremonie durch und liessen es zu, dass eine unschuldige Frau sterben musste?

8

In der Nacht hatte er kaum Schlaf gefunden und war deshalb froh, als es endlich Morgen wurde. Kaum begann der Tag zu dämmern, erhob sich Dany aus seinem Bett. Draussen am Brunnen wusch er sich das Gesicht.

Seine Eltern waren zu dieser Zeit bereits draussen auf dem Feld am Arbeiten, doch seine Mutter hatte für ihn gedämpfte Brote bereitgestellt. Sobald Dany sich gestärkt hatte, machte er sich auf den Weg zu Lian's Elternhaus. Das schlichte Bauernhaus lag ausserhalb des Dorfes. Sein Weg führte ihn an den Feldern entlang, wo die Bauern in ihre Arbeit vertieft waren. Auch seine Eltern erblickte er, welche ihm aus der Ferne zuwinkten. Obwohl es noch früh am Morgen war, brannte die Sonne bereits unerbittlich auf die Erde hinab. Und dabei hatte der Sommer noch überhaupt nicht begonnen. Doch mit dem Sommer würde die Regenzeit beginnen und damit der Tag kommen, an dem Lian dem Flussgott zur Braut gegeben würde. Dany zog es bei diesem Gedanken unweigerlich den Bauch zusammen.

Ein schmaler, trockener Pfad führte ihn bis zu dem Haus der Familie Feng. Von der offenen Ebene aus konnte er das Haus bereits von weitem sehen. Nicht wie gewöhnlich sass Frau Feng draussen vor dem Eingang und verrichtete ihre Hausarbeit. Ob sie noch schliefen? Nein, dies konnte nicht sein. Als Bauer wusste man die kühlen Morgenstunden für die harte Feldarbeit zu nutzen. Doch auch als er das Haus erreicht hatte, konnte er niemanden sehen. So klopfte er etwas zögerlich an die Türe. Es dauerte eine Weile, bis ihm Frau Feng öffnete. An ihren Augen konnte Dany erkennen, dass sie geweint hatte. Lian war ihrer Mutter wie aus dem Gesicht geschnitten. Einzig hatte Frau Feng Falten im Gesicht und ihre Haare waren bereits ergraut.

„Guten Tag Frau Feng", begrüsste Dany sie etwas verlegen.

„Hallo Dany." Frau Feng konnte nur schwerlich ein Schluchzen unterdrücken.

„Ich bin gekommen um Lian zu sehen."

Frau Feng schien kurz zu überlegen, bevor sie Dany darum bat bei der Türe zu warten. Normalerweise wurde er herzlich begrüsst und immer sogleich ins Haus gebeten. Doch normal war jetzt nichts mehr. Dany hoffte darauf, dass Lian sich nicht weigerte ihn zu sehen. Es hätte ihn zerrissen, wieder in die Stadt zurückkehren, ohne mit ihr gesprochen zu haben.

Zum Glück musste er nicht lange warten bis Frau Feng wieder zurückkehrte. „Lian wird sofort kommen. Du kannst im Wohnzimmer auf sie warten."

Dany folgte Frau Feng ins Haus. Nachdem er sich auf einen Stuhl gesetzt hatte, schenkte ihm Frau Feng eine Tasse Tee ein, bevor sie das Zimmer verliess. Nachdenklich sah er sich im Wohnzimmer um. Er war so viele Male hier gewesen, doch diesmal schien ihm alles düster und trostlos. Die Möbel waren alle aus dunklem, massivem Holz hergestellt. Die Wände jedoch waren ohne Zierde. Einzig in einer Ecke stand ein Stück Felsgestein, welcher als Glücksbringer dienen sollte.

„Dieser Felsen hat seine Aufgabe auch nicht erfüllt", murmelte Dany zu sich.

Auf einmal bemerkte er Lian. Unbemerkt hatte sie das Wohnzimmer betreten, war aber bei der Türe stehen geblieben. Sofort erhob sich Dany aus seinem Stuhl und trat auf sie zu. Ihre Augen waren von den vielen vergossenen Tränen gerötet und aufgeschwollen. Das Leuchten in ihren Augen war erloschen. Blass und traurig sah sie ihn an.

Dany streckte seine Hand nach ihr aus, doch unweigerlich wich sie von ihm zurück, so dass er sie überrascht ansah.

„Du solltest dich besser von mir fernhalten. Ich bringe Unglück, sagen die Leute", meinte sie mit tonloser Stimme.

„Sagen die Leute", wiederholte Dany ihre letzten Worte. „Was die Leute sagen interessiert mich aber nicht", fügte er trotzig hinzu. Zu seiner Freude huschte kaum merklich ein Lächeln über Lians Gesicht. Aber bevor er es richtig wahrgenommen hatte, war es bereits wieder verschwunden.

42

Eine Weile schwiegen sie beide, bis es Dany nicht mehr aushielt.

„Komm, setz dich", forderte er sie auf und bevor sie ihre Hand zurückziehen konnte hatte er sie gepackt und zu einem Stuhl hingezogen. Steinern setzte sich Lian darauf. Dany stellte ihr eine Tasse Tee hin, bevor er sich ebenfalls setzte.

„Warum bist du gekommen?"

„Darum", Dany zeigte auf das Armband, welches zu seiner Freude immer noch ihr Handgelenk zierte. „Sind wir nicht Freunde? Und sind solche nicht immer füreinander da?"

Lian nickte, auch wenn sie etwas Anderes zu denken schien.

„Sie behaupten, dass an mir das Unglück klebt. Sie behandeln mich, als wäre ich ein Ungeheuer. So viele Jahre habe ich meine Arbeit zur vollen Zufriedenheit von allen erfüllt. Doch als ich vom Flussgott ausserwählt wurde, haben sie mich hinausgeworfen. Nicht einmal meinen Lohn haben sie mir gegeben. Sie sagten, das Geld brauchen sie für die Umstände, welche ich ihnen bereite, weil sie nun eine neue Angestellte suchen müssen."

Die Worte sprudelten nur so aus Lian heraus. Tränen begannen ihre Augen zu füllen, als sie weitersprach: „Dass mich auf einmal alle meiden und mir aus dem Weg gehen, dass tut weh."

Ein Weinkrampf erfasste sie. Eine Weile sass Dany unschlüssig und verlegen auf seinem Stuhl. Schliesslich stand er auf, ging zu ihr hin und gegen seine Bedenken nahm er sie in seine Arme. Lian liess es geschehen, ohne ihn abzuweisen. Dany zerbrach es in diesem Augenblick beinahe das Herz, denn noch nie war er ihr näher gewesen und doch sollte das drohende Schicksal schon bald ihr Glück zerstören. Wie konnte das Leben nur so grauenhaft sein?

Ein Räuspern liess sie beide Aufblicken. Lian's Eltern hatten ohne ihr bemerken das Wohnzimmer betreten. Frau Feng, von der das Räuspern gekommen war, sah ernst zu ihnen herüber, doch ihr Mann legte ihr sogleich beschwichtigend die Hand auf ihre Schultern. Dass Dany es wagte ihre Tochter zu umarmen, verstiess gegen die guten Sitten, doch Herr Feng gab seiner Frau klar zu verstehen, dass sie nichts sagen sollte. Ihre geliebte Tochter würde bald ihr Leben dem Flussgott opfern müssen. Sie sollte es in der verbleibenden Zeit noch schön haben und mit Menschen verbringen dürfen, welche es gut mit ihr meinen.

„Guten Tag", grüsste Dany Herrn Feng, während er seine Umarmung löste. Herr und Frau Feng setzten sich an den Tisch, und so taten sie es ihnen gleich.

„Es ist nett von dir, dass du nach Lian siehst." Herr Feng sah ihn dankbar an. „Ihre anderen Freunde machen inzwischen einen Bogen um sie."

„Ich werde sie nicht im Stich lassen", sagte Dany bestimmt und zauberte erneut ein kurzes Lächeln auf Lian's Gesicht.

„Es tut so weh, dass der Flussgott unser einziges Kind zu seiner Braut ausgewählt hat."

„Wie ist das möglich gewesen? Ich meine ...", Dany versuchte seine Frage zu präzisieren, „woher hat der Flussgott Lian gekannt?"

„Nur der Rat der Weisen weiss, wie der Flussgott seine Braut aussucht", meinte Herr Feng. „Die Weisen kamen vor einigen Tagen zu uns. Sie sagten, dass sie durch den Flussgott beauftragt worden sind, Lian die..." Herr Feng brach abrupt ab und blickte auf den Boden. Frau Feng beendete deshalb den Satz für ihn: „Lian die freudige Nachricht mitzuteilen, dass sie als Braut auserwählt worden sei."

„Gibt es denn nichts, was wir tun können?" Danys Frage löste bei Lians Eltern ein Kopfschütteln aus.

„Was sollte man denn machen können? Sollen wir Lian etwa verstecken?"

„Warum nicht?"

„Weil sie es nicht zulassen würden."

„Ich habe gehört", pflichtete ihm Frau Feng bei, „dass man Lian beobachtet. Sollte der Verdacht entstehen, dass sie versuchen könnte abzuhauen, würde man sie festnehmen und bis zu der Zeremonie hinter Gittern einsperren."

„Ich will lieber die restliche Zeit hier mit euch verbringen. Auch wenn es sich nicht mehr wie ein Leben anfühlt", fügte Lian sogleich trostlos hinzu.

„Weiss man denn bereits, wann die Zeremonie stattfinden soll?"

„Nein." Herr Feng griff nach seiner Teetasse und nahm einen Schluck, bevor er noch ergänzte: „Die Weisen werden die Sterne befragen und dann entscheiden, wann es soweit ist."

44

Wieder trat Stille ein, während alle nachdenklich vor sich hinstarrten.

Mitten in dieser Stille begann sich in Danys Kopf ein Plan zu schmieden. Nur vage und noch unklar, aber er wusste, dass ihm nicht viel Zeit bleiben würde, wenn er den Plan in die Tat umsetzen und dadurch Lian's Leben retten wollte. Deshalb erhob er sich von seinem Stuhl.

„Ich muss heute wieder zurück in die Stadt, aber ich komme an meinem nächsten freien Tag wieder hierher."

Auch Lian und ihre Eltern erhoben sich. Nachdem Dany sich bei Herrn und Frau Feng verabschiedet hatte, ging er zu Lian. Leise, so dass nur sie ihn hören konnte, flüsterte er ihr zu: „Mach dir keine Sorgen. Ich werde nicht zulassen, dass du sterben musst."

Lian setzte ein gequältes Lächeln auf. Es war ein Lächeln ohne Hoffnung. So schwer es ihm fiel, sie in diesem Zustand zurückzulassen, blieb ihm doch im Augenblick nichts Anderes übrig. Ohne sich noch einmal umzuschauen verliess er das Wohnzimmer. Er war froh, dass Lian seine Tränen nicht sehen konnte. Er war schliesslich der Mann und hatte für sie stark zu sein.

Die warme Luft und ein leichter Wind trockneten seine Tränen schnell. Er war froh, dass der Weg zurück zu seinem Elternhaus eine Weile dauerte. Dies gab ihm die Gelegenheit seinen Gedanken nachzuhängen. Ihm wurde klar, dass er zum umsetzen seines Planes auf die Hilfe seiner Kollegen angewiesen war. Unweigerlich kam ihm wieder Liming in den Sinn, der sich ständig über Lian lustig machte. Ebenfalls musste er an die Worte von Herrn Feng denken und der Tatsache, dass alle es anscheinend vorzogen, einen Bogen um Lian und ihre Familie zu machen. Trotzdem wollte Dany nichts unversucht lassen. Er liebte Lian und würde sie nicht einfach im Stich lassen. Er wollte für sie kämpfen und ihr zeigen, dass er kein Feigling war.

9

Bereits war es Abend geworden als Dany die Stadt erreichte. Dies kam ihm gelegen, denn so konnte er sich gleich ins Zentrum begeben, wo er seine Kollegen zugegen wusste. Diese hatten sich wie jeden Abend bereits einen leichten Rausch angetrunken, was zu seinem Vorteil war. Er hatte sich nämlich überlegt, dass es besser sei seinen Plan zu erwähnen, wenn bereits etwas Alkohol geflossen war. Würden ihn seine Kollegen für verrückt erklären, könnte er immer noch behaupten, dass diese einfach zu viel getrunken und ihn nicht richtig verstanden hätten.

Zu seinem Glück musste er das Thema nicht einmal selber ansprechen. Kaum, war er zu ihnen gestossen, als ihn Linghai fragend ansah: „Ich habe gehört, du warst im Dorf. Hast du Lian getroffen?"

Dany nickte und blickte zu Weiwu, der ebenfalls in der Runde sass, ihn aber seit seiner Ankunft permanent ignorierte.

„Du solltest dich von ihr fernhalten. Wer weiss, ob sie dir nicht Unglück bringt", gab Shunli zu bedenken.

„Weshalb?", konnte Dany sich nicht zurücknehmen.

„Es wird erzählt, dass Unglück über die Familien kam, deren Töchter vom Flussgott zur Braut genommen wurden."

„Was kann es für eine grössere Katastrophe geben, als dass ein unschuldiges Mädchen ihr Leben lassen muss?" Dany sprang wütend auf.

Seine Kollegen sahen ihn überrascht an. Sie waren es nicht gewohnt, dass Dany so aggressiv wurde.

„Jetzt beruhige dich", versuchte ihn Shunli zu beschwichtigen.

„Wie soll ich mich da beruhigen? Ich hätte nicht gedacht, dass ihr alle so abergläubisch seid."

„Wer sagt denn, dass wir an den Flussgott glauben?" Weiwu sah ihn ernsthaft an.

„Aber ihr habt alle Angst vor dem Rat der Weisen."

„Das hat doch nichts mit Angst zu tun. Es ist aber unbestritten, dass die Weisen eine grosse Macht haben. Da hält sich ein unbedeutender Niemand, wie wir es sind, besser zurück", gab Weiwu zu bedenken.

„Pah, so schnell lasst ihr also eure Freunde im Stich?"

„Du vergisst, dass Lian deine Freundin ist und nicht unsere. Wenn du dich mit den Weisen anlegen willst, dann darfst du dies gerne machen, aber lass uns dabei aus dem Spiel." Liming's Worte sassen.

Dany sah jeden einzelnen von ihnen an. Er war enttäuscht darüber, dass sie es alle einfach so hinnahmen, dass jemand den sie ebenfalls kannten, geopfert werden sollte. Einzig für Weiwu hatte Dany ein gewisses Verständnis. Er hatte Weiwu mit seinem Ausraster bei der Arbeit genügend Probleme bereitet. Es war gut gewesen, dass er noch keine Andeutungen zu seinem Plan gemacht hatte.

Ohne ein weiteres Wort zu verlieren ging er weg. Er wollte seine Zeit nicht mit solchen Leuten vergeuden, denen alles egal war. Zudem brauchte er einen klaren Kopf, um einen Plan zu schmieden. Er wollte Lian retten, mit oder ohne Hilfe von den anderen.

Es war noch nicht sehr spät, als Dany den Wohnsitz der Familie Kong erreichte. Zielstrebig begab er sich zum Fischteich, der sich mitten im Garten und somit abgeschirmt vom Wohnhaus befand. Es war sein Lieblingsort und da er jetzt sowieso nicht schlafen konnte, wollte er versuchen hier zur Ruhe zu kommen. In der Dunkelheit der Nacht fühlte er sich unbeobachtet. So setzte er sich am Rande des Teiches auf einen Stein und betrachtete den Mond, welcher sich im Teich spiegelte. Seine Gedanken waren bei Lian, und umso mehr er an sie und ihr Schicksal dachte, umso trauriger wurde er, bis ihm schliesslich Tränen über die Wangen rollten. Dabei konnte er auch ein leises Schluchzen nicht unterdrücken.

„Weinst du?"

Dany hatte nicht bemerkt, dass jemand zu ihm herangetreten war. Schnell wischte er sich mit dem Ärmel die Tränen ab und sah sich um. Im schwachen Mondlicht erkannte er Yule.

„Natürlich nicht", versuchte sich Dany locker zu geben. „Ich wollte nur frische Luft schnappen, bevor ich schlafen gehe." Er wollte aufstehen doch Yule gab ihm mittels Handzeichen zu verstehen, dass er sitzen bleiben soll. Sie setzte sich ebenfalls auf einen Stein.

„Du hast an sie gedacht, nicht wahr?"

Dany nickte. Weil er sich aber nicht sicher war, ob sie im Dunkeln sein Nicken sehen konnte, antwortete er zusätzlich mit einem leisen Ja.

„Hast du sie gesehen? Wie geht es ihr?", fragte Yule weiter und klang dabei sowohl interessiert wie auch besorgt.

„Wie sollte es ihr schon gehen? All ihre Lebensfreude ist verblasst. Sie ist nicht mehr dieselbe Person."

„Hast du dir jemals überlegt, wie du ihr helfen könntest?"

Dany sah sich in seinen Gedanken ertappt, gab sich aber trotzdem unschuldig. „Was kann ich gegen die Wahl des Flussgottes machen?"

„Naja, es gäbe da vielleicht eine Möglichkeit."

Dany fiel erst einmal keine Antwort dazu ein. Mit offenem Mund starrte er Yule an. Hielt sie ihn etwa zum Narren?

„Was meinst du damit?", fragte er schliesslich.

„Es gibt noch einen Weg, wie du sie retten kannst."

„Von was sprichst du? Was für einen Weg?" Dany war nun ganz Ohr, doch Yule hielt sich zurück. „Du musst mir versprechen, dass du es nicht weitererzählst. Du darfst keinem davon auch nur ein Sterbenswort sagen. Hast du mich verstanden?"

„Ja, ja, ich werde nichts verraten", sprach Dany schnell, doch Yule gab sich damit noch nicht zufrieden.

„Du musst mir schwören, dass du niemanden jemals erwähnst, dass du dies von mir weisst. Ist das klar?"

„Natürlich. Von mir wird niemand etwas erfahren. Doch nun Spanne mich nicht weiter auf die Folter. Wie kann ich Lian helfen?"

„Sie heisst also Lian?" Yule schwieg einen Augenblick. Kurz sah sie sich um, so als befürchtete sie, dass sie jemand belauschen könnte. Dann aber lehnte sie sich zu Dany nach vorne. „Vielleicht kannst du sie freikaufen."

„Frei kaufen?" Dany sah sie fragend an. Er hatte mit einem grossen Geheimnis gerechnet, doch diese Lösung schien ihm zu simpel. „Das ist alles?" Enttäuscht sah er Yule an.

Diese ihrerseits war von seiner Reaktion genauso enttäuscht. „Was meinst du mit: Ist das alles? Möchtest du nicht das Leben deiner Freundin retten? Hast du etwa erwartet, dass ich dir einen Zauberspruch verrate, womit du sie wegzaubern kannst?" Yule war sichtlich verärgert.

„Es tut mir leid. Aber wenn es tatsächlich nur ums Geld geht, hätten sich dann nicht auch andere Bräute, welche vor ihr ausgewählt worden sind, freigekauft?"

„Wer sagt denn etwas davon, dass dies noch niemand getan hat?"

„Wie meinst du das?" Dany überlegte kurz und plötzlich fiel es ihm wie Schuppen von den Augen. Yule kannte also jemand, welche genau dies getan hat.

„An wen muss ich mich richten? Und wieviel muss man bezahlen?"

„Du musst dich an den grossen Weisen wenden, der dem Rat der Weisen vorsteht. Er wird dir sagen können, wieviel du zu bezahlen hast. Aber du kannst mir glauben, es wird sich bestimmt nicht um eine geringe Summe handeln. Wäre dies nämlich der Fall, hätte es bereits seit Jahren keine Hochzeit mehr mit dem Flussgott gegeben."

„Ich kann es einfach nicht glauben. Es geht dem Rat der Weisen also nur ums Geld?"

Yule schwieg.

„Ein Menschenleben für etwas Geld. Wie grausam muss man da sein?" Einen Moment überlegte Dany, bevor er fragend hinzufügte: „Wo kann ich den grossen Weisen finden?"

„Ich weiss es nicht. Am besten gehst du auf den Markt und hörst dich einmal um. Bestimmt gibt es dort jemand, welcher den Wohnort kennt."

Dany erinnerte sich wieder an die Worte seines Vaters, welcher erwähnt hatte, dass die Weisen nahe der Stadt auf einem Hügel wohnen.

„Woher weisst du dies alles?", wunderte sich Dany plötzlich.

Statt eine Antwort zu geben stand Yule auf. „Es ist bereits spät. Besser ich gehe, bevor man mich noch mit dir sieht und du deswegen Ärger bekommst." Kaum hatte sie fertig gesprochen, war sie bereits im Dunkeln der Nacht verschwunden.

Dany blieb weiterhin am Fischteich sitzen. Die neuen Erkenntnisse liessen ihn vor Entsetzen und gleichzeitig vor lauter Hoffnung erzittern. Er brauchte Zeit um all das gehörte einzuordnen. Es konnte also bedeuten, dass jemand anderes anstelle von Lian als Braut ausgesucht worden war. Er musste unbedingt erfahren, wie viel Geld die Weisen verlangten. Dann müsste er versuchen die Summe aufzutreiben. Doch wieviel würden sie verlangen?

Da kam ihm ein neuer Gedanke, welche seine Freude über die neuen Erkenntnisse sogleich trübten. Was wird passieren, wenn er Lian loskaufen könnte? Würde dies nicht gleichzeitig bedeuten, dass der Flussgott ein neues Mädchen aussuchen würde? Und wenn deren Eltern das Geld nicht auftreiben können, würde dieses Mädchen an Lian's Stelle sterben müssen. Dany versuchte diesen schrecklichen Gedanken sogleich wieder zu verdrängen. Hier ging es um Lian und nur das zählte. Er musste alles versuchen, um sie vor dem sicheren Tod zu bewahren. Und dafür durfte er keine Zeit verlieren. Gleich am nächsten Tag wollte er herausfinden, wo die Weisen wohnten.

Dass es wieder Hoffnung gab, beruhigte Dany. Nun spürte er erstmals die Müdigkeit. Es war ein langer Tag gewesen. Bevor er sich erhob blickte er noch einmal zum Mond hinauf. Dieser schien auf einmal viel heller und klarer zu leuchten als zuvor.

10

Dany hatte sich Yule's Rat zu Herzen genommen. Durch einen Vorwand war es ihm gelungen, dass er zum Markt geschickt wurde, um Besorgungen zu tätigen.

Die Luft war an diesem Tag stickig und trocken von den vergangenen heissen Tagen. Das würde jedoch nicht immer so bleiben, dass wusste Dany ganz genau. Die Regenzeit rückte immer näher, und noch bevor die Flüsse überflutet werden, würde man Lian dem Flussgott opfern.

Zu der frühen Tageszeit herrschte reges Treiben auf dem Markt. Die Bauern boten frisch geerntetes Gemüse und Früchte zum Kauf an. Aber auch Schweinefleisch, Hühner und frische Fische wurden verkauft. Bereits drängelten sich die ersten Käufer zwischen den Ständen hindurch. Niemand wollte in der Hitze des Tages zum Markt gehen. Zudem wusste jeder, dass man rechtzeitig kommen musste, wenn man die besten Produkte erwerben wollte.

Dany selber war selten auf dem Markt. Für die Familie Kong erledigten andere Angestellte die Einkäufe. So nahm er sich jetzt Zeit und sah sich interessiert um. Der Markt befand sich im Zentrum der Stadt, umgeben von alten Holzhäusern. Die Holztische, auf denen die Verkäufer ihre Waren anboten, waren das ganze Jahr über fest installiert. Ein Stoffdach bot bei schönem Wetter Schutz vor der prallen Sonne. Die meistens Käufer gingen zielstrebig von einem Stand zum nächsten, um dann mit dem Verkäufer lautstark um den Preis zu feilschen.

Ohne ein klares Ziel wohin er gehen sollte, sah Dany dem Treiben zu. Er hatte keine Ahnung, wie er erfahren sollte, wo er den grossen Weisen finden konnte. Sollte er sich etwa bei den Leuten umhören? Da er wusste, dass die Weisen beim Volk nicht beliebt waren, war er diesem Gedanken gegenüber eher abgeneigt. Doch was sollte er sonst tun?

Bei einem leeren Stand lehnte er sich an den Tisch. Im Schatten des Daches betrachtete er die Leute, welche an ihm vorüberzogen. Es waren vor allem ältere Frauen und Männer, die sich hier herumtrieben. An der Kleidung erkannte er, dass die meisten von ihnen einfache Angestellte waren, welche die Einkäufe für ihre Herrschaften erledigten.

Die Zeit verging, als ihm auf einmal ein junger Mann auffiel. Seine Kleidung war elegant und seine Körperhaltung hatte etwas Ehrerbietiges an sich. Der Mann schien nicht viel älter zu sein als er selbst. Dany sah ihm dabei zu, wie er von einem Stand zum anderen ging und ab und zu mit den Verkäufern einige Worte wechselte. Viele schienen ihn zu kennen und grüssten ihn respektvoll.

Da fiel Dany ein Geldbeutel auf, welcher neben dem Mann auf dem Boden lag. Dany konnte nicht mit Sicherheit sagen, ob dieser dem Mann aus der Tasche gefallen war, oder ob der Beutel bereits vorher dort gelegen hatte. Niemand anders schien den Beutel zu bemerken. Einen Augenblick wartete er ab, bevor er sich schliesslich zu dem jungen Mann begab. Dieser verabschiedete sich soeben von seinem Gesprächspartner. Dany beugte sich nach unten und hob den mit Geld prall gefüllten Beutel vom Boden auf. Dessen Besitzer musste zu den besser betuchten Leuten in dieser Stadt gehören. Einen Augenblick zögerte er. Das Geld könnte reichen, um Lian frei zu kaufen. Doch sogleich meldete sich sein Gewissen. So sprach er den Mann an, der ihn noch nicht bemerkt hatte und soeben weitergehen wollte.

„Entschuldigen Sie. Gehört Ihnen vielleicht dieser Beutel?"

Der Angesprochene drehte sich um, sah zuerst Dany an und blickte dann auf den Beutel in dessen Hand. Überrascht griff er in seine Tasche, nahm dann aber seine leere Hand wieder daraus hervor. So griff er nach dem Beutel, und während er ihn öffnete erklärte er: „Ich habe immer ein rotes Armband in meinem Geldbeutel, damit ich diesen wiedererkenne." Und tatsächlich zog er ein rotes Armband aus dem Innern des Beutels hervor. Zufrieden nickte er, bevor er den Geldbeutel sorgfältig in seiner Tasche versorgte.

„Es lag hier auf dem Boden", erklärte Dany, welcher verhindern wollte, dass man ihn des Diebstahls bezichtigen könnte.

Erst jetzt sah in der junge Mann richtig an. Dany fühlte sich unbehaglich, als in dieser mit seinen braunen Augen aufmerksam musterte. So hob er kurz seine Hand zum Gruss, drehte sich ohne ein weiteres Wort um und wollte bereits weggehen.

„Warte." Erst jetzt schien der Mann aus seiner Erstarrung zu erwachen. Er legte die Hand auf Dany's Schultern, was diesen sogleich zusammen zucken liess. Als er sich aber umdrehte, blickte ihn der junge Mann freundlich an.

„Vielen Dank."

Dany nickte. Immer noch unschlüssig darüber, was er von dem Mann halten sollte und ob es doch nicht besser wäre, schnell von hier wegzugehen.

„Ich bin Jimmy Li." Der Mann streckte Dany seine Hand entgegen.

„Ich bin Dany Wang." Die beiden schüttelten sich die Hände.

„Das war sehr anständig von dir. Du hättest mit dem Geld einfach weggehen können und ich hätte nichts davon bemerkt."

„Mein Gewissen hätte dies niemals zugelassen."

„So spricht ein ehrlicher Mann. Wie kann ich mich bei dir erkenntlich zeigen?"

Dany winkte ab. „Das brauchst du nicht. Ausser..." Dany hatte auf einmal eine Idee. „Vielleicht kannst du mir bei einer Sache behilflich sein. Ich bin hierhergekommen um herauszufinden, wo ich den grossen Weisen finden kann."

Jimmy sah erstaunt hoch: „Was willst du denn von ihm?"

Dany überlegte, ob er sich Jimmy anvertrauen sollte, doch dann kamen ihm wieder Yule's Worte in den Sinn und das Versprechen, welches er ihr gegeben hatte.

Jimmy entging nicht, wie Dany zögerte, weshalb er schliesslich abwinkte: „Kein Problem. Es geht mich ja nichts an. Aber nimm dich vor denen in Acht. Ich höre nicht viel Gutes von ihnen."

„Du weisst also, wo ich sie finden kann?"

„Wissen tu ich es nicht. Aber ich kann es für dich herausfinden. Warte hier auf mich."

Kaum hatte Jimmy fertig gesprochen, war er bereits zum nächsten Stand gegangen. Dort sprach er mit einem Bauern, welcher an seinem Stand Gemüse verkaufte. Dieser hörte Jimmy aufmerksam zu, schüttelte dann aber seinen Kopf und zeigte auf einen anderen Standverkäufer. So ging Jimmy einen Stand weiter. In der Menschenmenge verlor Dany ihn schnell aus den Augen. Es dauerte aber nicht lange, da kehrte dieser zu ihm zurück.

„Und?", fragte Dany erwartungsvoll.

„Ich hab dir die Adresse", berichtete Jimmy. Er nannte ihm die Strasse und beschrieb ihm auch den Weg dorthin. Bevor sich die beiden voneinander verabschiedeten, liess es sich Jimmy aber nicht nehmen, ihn nochmals vor den Weisen zu warnen.

Am liebsten wäre Dany sogleich losgezogen, doch er war bereits viel zu lange von der Arbeit weggeblieben. Seine Wunden auf seinem Rücken waren noch nicht verheilt, weshalb er kein Bedürfnis verspürte, neue Striemen zu riskieren. Wobei dies Frau Kong ganz bestimmt eine grosse Freude bereitet hätte.

Zu seinem Glück hatte die Familie Kong während seiner Abwesenheit Besuch erhalten, weshalb seine späte Rückkehr nicht bemerkt wurde.

11

Am darauffolgenden Tag suchte Dany Herrn Kong auf und behauptete ihm gegenüber, dass seine Mutter krank geworden sei und er nach Hause müsse, um für sie Medikamente zu besorgen. Es war das erste Mal, dass er seinen Chef belog und sein Gesicht musste vor Scham rot geleuchtet haben. Doch Herr Kong glaubte ihm und gab ihm einen Tag frei, um nach Hause zu gehen.

Trotzdem war dies noch der leichtere Teil seines Planes gewesen. Am Vorabend hatte er sich zu Weiwu begeben, um ihn zu bitten, ihm das Gewand zu leihen, welches dieser vor einigen Jahren mit seinem ersparten gekauft hatte. Weiwu hatte dieses bereits bei anderen Gelegenheiten an seine Freunde ausgeliehen. Da ihre Freundschaft jedoch immer noch zerrüttet war, brauchte Dany diesmal etwas mehr Überredungskunst. Widerwillig hatte ihm Weiwu endlich das Gewand in die Hand gedrückt. Er schien zu ahnen, dass Dany vor hatte Lian zu retten. Er unterliess es deshalb nicht Dany aufzufordern, ihm das Gewand wieder sauber und unbeschadet zurückzubringen.

Bevor Dany losging, wusch er sich, richtete sich die Haare und zog das seidene, blaue Gewand über. Der teure Stoff lag angenehm leicht auf seiner Haut. Zufrieden blickte Dany in den Spiegel. Er erhoffte sich durch diese Aufmachung den Rat der Weisen davon zu überzeugen, dass er genügend Geld besass um Lian frei zu kaufen. Zuletzt zog er einen Beutel aus einem Versteck hervor, worin sich sein ganzes erspartes Geld befand. Vorsichtig schlich er sich zum Ausgang. Hätte man ihn in dieser Aufmachung gesehen, hätte dies nur zu unangenehmen Fragen geführt. Doch er hatte Glück und weder ein Angestellter noch jemand von der Familie Kong begegnete ihm.

Der Weg, welcher Jimmy ihm beschrieben hatte, führte Dany auf direktem Weg zu einer kleinen Anhöhe, wo bereits von weitem die Dächer von einem grossen Anwesen zu sehen waren. Als er näher trat musste er feststellen, dass eine dicke Mauer das Anwesen umgab, welche keinen Einblick in das Innere erlaubte. Von aussen waren nur die vielen Dächer zu sehen, deren graue Ziegel im Licht der Sonne blass schimmerten.

Dany wurde nervös. Er musste sich mehrmals einreden, dass er sich seiner Kleidung entsprechend zu verhalten habe, um glaubwürdig zu sein. Jedoch gab ihm sein hinkender Gang nicht gerade das Gefühl, erhaben zu wirken.

Als er nun zum Eingangstor trat, begutachtete ihn der Wächter misstrauisch von oben bis unten. „Was willst du hier?", fragte er Dany schroff.

„Ich möchte gerne mit dem grossen Weisen sprechen."

„Das möchte noch mancher", lachte der Wächter spöttisch.

„Es ist wichtig."

„Wirst du denn erwartet?"

„Nein, aber..."

„...aber alles Weitere interessiert mich nicht", fiel ihm der Wächter ins Wort. „Ich bezweifle, dass auch nur ein Bewohner in diesem Anwesen das Interesse haben könnte mit dir zu reden. Ich dabei eingeschlossen."

„Es geht um die Hochzeit des Flussgottes", versuchte es Dany erneut.

„Ach, ich sehe. Du bist bestimmt ein Edelmann, der das Leben seiner holden Braut retten möchte", der Wächter musste über seine eigenen Worte laut lachen.

„Ich muss dringend mit dem grossen Weisen sprechen."

„Hast du was auf deinen Ohren? Du hast hier nichts verloren."

„Bitte!", flehte Dany und trat einen Schritt nach vorne. Doch eh er sich versah, hatte ihn der Wächter gepackt und zu Boden gestossen, so dass die staubige Erde um ihn herum aufgewirbelt wurde.

Wütend ballte Dany seine Hände zu Fäusten. Auf dem Weg hierher hatte er sich die ganze Zeit überlegt, was er sagen wollte und war dabei alle Möglichkeiten durchgegangen. Dass er aber bereits am Eingangstor scheitern sollte, weil ihn ein übereifriger Wächter nicht hinein liess, damit hatte er nicht gerechnet. Er musste an Lian denken, wegen der er hierhergekommen war und für die er alles machen wollte, um ihr Leben zu retten.

Unter dem wachsamen Blick des Wächters erhob sich Dany wieder vom Boden und klopfte sich den Staub von seinen Kleidern. Dann griff er nach dem Beutel in seinem Gewand und holte mehrere Geldmünzen daraus hervor. Als er nun auf den Wächter zutrat, streckte er ihm das Geld wortlos entgegen.

Dieser aber sah ihn verächtlich an. „Denkst du tatsächlich, dass ich käuflich bin?" Ehe er sich versah, schlug ihm der Wächter das Geld aus der Hand, so dass die Münzen in alle Richtungen davonflogen. Einen grossen Teil des Geldes, welches sich Dany fleissig zusammengespart hatte, lag nun auf dem Boden verstreut.

Sein Herz verkrampfte sich. Es schmerzte ihn, dass er bis jetzt nicht einmal annähernd an sein Ziel gekommen war. Doch er durfte Lian zu liebe nicht aufgeben. Noch einmal nahm er seinen ganzen Mut zusammen. „Es ist wichtig", sprach er verzweifelt. „Das Geld ist für die Weisen. Und da ist noch mehr", fügte er hinzu.

„Ha, die paar Münzen interessieren hier doch keinen."

„Wer sagt denn sowas?"

Dany und der Wächter drehten sich beide überrascht in die Richtung, aus der die tiefe Stimme gekommen war. Ohne bemerkt zu werden waren ein älterer Herr und eine alte Frau an sie herangetreten. Ihre seidenen Kleider zeugten von grossem Reichtum. Begleitet wurden sie von vier Bediensteten, welche alle misstrauisch auf Dany blickten. Die Frau selber hatte ihr Gesicht dem Boden zugewandt, und war damit beschäftigt, die herunter gefallenen Geldmünzen aufzusammeln.

Dany war sogleich klar, dass er den grossen Weisen vor sich hatte.

Der Wächter machte eine tiefe Verbeugung: „Entschuldigen Sie, ich habe versucht ihn zu vertreiben, aber er wollte unbedingt mit Euch reden."

„Was hat der junge Herr denn für ein Anliegen?", wurde auch diese Frage an den Wächter gestellt.

„Er kommt wegen der Hochzeit des Flussgottes."

„So, so! Ich verstehe." Der grosse Weise wandte sich an Dany. Dieser betrachtete den Mann neugierig. Die Haare des Mannes waren grau und er trug einen langen, ebenfalls grauen Bart. Mit seinen dunklen Augen sah er ihn wohlwollend an.

Dany hatte einen kaltherzigen Mann erwartet und war nun überrascht über das freundliche Auftreten des Herrn. So schöpfte Dany neuen Mut und voller Hoffnung wandte er sich an den grossen Weisen: „Der Flussgott hat Lian Feng als seine Braut ausserwählt. Wie ich weiss, seid ihr die Vermittler zwischen dem Flussgott und seiner zukünftigen Braut. Sie ist aber nur ein einfaches Bauernmädchen aus armen Hause. Ich bin der Meinung, dass der Flussgott eine würdigere Braut verdient hat. Meine einzige verständliche Überlegung, weshalb der Flussgott eine solche Wahl getroffen hat ist diese, dass er sein Geld für andere Dinge aufspart." Dany stoppte kurz um Luft zu holen. Jetzt kam der entscheidende Moment: „Ich habe grossen Respekt vor dem Flussgott und möchte ihm die Schande ersparen sich mit einer armseligen Frau zu Vermählen."

„Ach so, und wie haben Sie sich das vorgestellt?", sprach der grosse Weise ohne eine Mimik zu verziehen.

Dany freute sich innerlich. Der Köder hatte gewirkt. „Indem ich dem Flussgott eine Summe gebe, damit er sich eine würdigere Braut als die jetzige auswählen kann."

Der Mann nickte nachdenklich, während er Dany aufmerksam musterte. „Und wenn ich mir diese Frage erlauben darf, von was für einer Summe sprechen Sie?"

Dany hatte mit dieser Frage bereits gerechnet und antwortete schnell: „Ich möchte auf keinen Fall dem Flussgott eine Einschränkung geben. Lassen Sie ihm ausrichten, dass er seine Braut auswählen und mir dann die Brautsumme nennen soll."

Der Weise lächelte wieder freundlich: „Das ist sicher ein sehr grosszügiges Angebot. Sie irren sich aber, wenn Sie denken, dass es sich bei der Wahl der Braut um eine Geldangelegenheit handelt. Der Flussgott hat klare Vorstellungen von seiner Braut."

„Aber...", Dany hielt inne. Beinahe hätte er Yules Name und das ihm anvertraute Geheimnis verraten.

„Dich kenne ich doch?", ertönte da eine krächzende Stimme, welche Dany nur allzu vertraut war. Dany, der sich ganz auf den Mann konzentriert hatte, sah nun die alte Frau an. Diese hatte sich, nachdem sie all die Geldmünzen vom Boden aufgelesen hatte, endlich aufgerichtet und ihn erst jetzt richtig wahrgenommen. Verachtend blickte sie ihn an. Kurz schien sie zu überlegen, wo sie ihn bereits einmal gesehen hatte. Dany selber wusste sogleich, wo sie ihm begegnet war und wie damals lief ihm wieder ein kalter Schauer über seinen Rücken. Die Alte gehörte also auch zum Rat der Weisen und musste eine der drei Hexen sein.

„Jetzt erinnere ich mich wieder." Ein höhnisches Lachen entfuhr ihr. Dany wusste sogleich, dass seine Tarnung aufgeflogen und sein Spiel vorüber war.

An den grossen Weisen gerichtet erklärte die Alte: „Das hier ist nur ein einfacher Angestellter der Familie Kong. Ich habe ihn damals gesehen, als wir bei ihnen auf Besuch waren."

„Tatsächlich? Stimmt das?" Der grosse Weise sah ihn nun verärgert an. Alle Freundlichkeit und Herzlichkeit war auf einem Schlag aus seinem Gesicht verschwunden.

„Ich...", Dany wusste nicht, was er sagen sollte. Auf die Schnelle fiel ihm keine glaubwürdige Lüge ein. Und es einfach zu bestreiten sah er als nicht sehr erfolgsversprechend an.

„Es ist also wahr", zog der grosse Weise seine Schlüsse aus dessem Schweigen. „Ein kleiner Betrüger bist du. Präsentierst dich hier als reicher Mann, dabei bist du nur ein erbärmlicher Angestellter."

„Ein Wolf im Schafspelz", pflichtete ihm die alte Frau bei.

„Und mit dem Geld und seinen feinen Gewändern versuchte er uns zu blenden. Das Geld werden wir auf jeden Fall zu seiner Strafe behalten", bestimmte sie.

„Das ist mein Geld", jammerte Dany, welcher daran dachte, wie lange er sich das ganze Geld zusammengespart hatte.

„Du kannst uns dankbar sein, dass wir diesen Vorfall nicht beim Statthalter melden. Einsperren würde man dich", lachte die Hexe. Und wieder an den grossen Weisen gerichtet ergänzte sie: „Aber ich finde, wir sollten sichergehen, dass wir ihm solche Flausen für immer aus seinem Kopf schlagen."

Der Angesprochene zuckte gleichgültig mit seinen Schultern. „Das überlasse ich dir. Aber ich will keine Schweinerei vor dem Haus haben." Mit diesen Worten drehte er sich von ihnen ab und begab sich ins Haus.

Dany war sofort klar, dass ihm nun Unheil drohte. In einer raschen Bewegung drehte er sich um und begann zu rennen.

„Schnappt ihn euch", hörte er den kreischenden Befehl der Hexe. Mit seinem hinkenden Bein hatte er keine Chance. Schnell hatten ihn die Bediensteten eingeholt und hielten ihn zurück.

„Lasst mich los", beschwor Dany, der vor lauter Angst zu zittern begann.

Während ihn zwei der Angestellten festhielten, trat der Wächter, der ihm ebenfalls nachgerannt war, vor ihm hin. In einiger Entfernung sah Dany die Hexe stehen, welche das Ganze mit grosser Zufriedenheit beobachtete.

„Habt ihr nicht seine Bitte gehört?", stellte der Wächter nun gespielt tadelnd die Frage. „Ihr sollt ihn loslassen."

Die beiden Angestellten nickten. Kaum liessen sie Danys Arme los, als ihm der Wächter einen harten Schlag in die Magengegend verpasste. Dany war überhaupt nicht darauf gefasst gewesen und sackte zusammen. Weitere Schläge und Tritte trafen ihn nun überall an seinem Körper und egal wohin er seine Hände hielt um sich zu schützen, traf ihn doch wieder anderswo ein Schlag. Ob es nur der Wächter war oder die beiden Angestellten, dass konnte Dany nicht sagen.

Aus der Ferne vernahm er wieder die krächzende Stimme: „Zerreisst ihm die Kleider. Er soll sich nicht noch einmal als feiner Herr ausgeben können."

„Nein, bitte nicht", flehte Dany völlig verzweifelt, doch niemand hörte auf ihn. Bereits spürte er, wie sie sein Gewand von allen Seiten packten und zu zerreissen begannen.

12

Wie lange Dany auf dem Boden gelegen hatte, konnte er im Nachhinein nicht mehr sagen. Als er wieder zur Besinnung kam, stand die Sonne jedoch bereits hoch am Himmel. Er lag auf dem staubigen Boden, welcher sich mit Blut vermischt hatte. Seinem Blut. Überall hatte er Kratzer und offene Wunden an seinem Körper. Das schlimmste für Dany war aber der Augenblick, als er abgerissene Fetzen seines Gewandes auf dem Boden entdeckte. Mühsam richtete er sich auf und sah an sich hinab. Kein einziges Teil seiner Kleidung war heil geblieben. Wie sollte er dies nur Weiwu erklären? Und weil die Hexe auch sein erspartes Geld an sich genommen hatte, würde es ihm nicht einmal möglich sein Weiwu den Schaden zu ersetzen. Ebenfalls schmerzte ihn der Gedanke an Lian. Sein einziger Plan sie zu retten hatte sich im wahrsten Sinne des Wortes in Staub aufgelöst. Lian würde Sterben müssen und nichts würde er daran ändern können. Verzweifelt begann Dany zu schluchzen.

Er blieb sitzen, bis er keine Tränen mehr weinen konnte. Für das Aufstehen brauchte er eine gefühlte Ewigkeit. Es schien, als hätte man ihm nicht nur seine Kleider zerrissen, sondern auch sein Herz. Mit gesenktem Blick und hinkendem Gang begab er sich zurück in die Stadt. Er achtete dabei nicht auf die Leute, welche ihm begegneten und ihm teilweise erschrocken, teilweise angeekelt auswichen.

Der Weg schien diesmal doppelt so lange zu sein, doch Dany eilte es nicht. Es gab ihm Zeit sich darüber Gedanken zu machen, wie er Weiwu erklären könnte, was mit dessen teurem Gewand geschehen ist. Wenn es um die Freundschaft zwischen ihm und Weiwu aktuell nicht zum Besten stand, so würde sie nicht mehr zu retten sein, sobald er ihm das Gewand zurückgeben würde.

Als Dany das Zentrum erreicht hatte, versperrte ihm auf einmal eine grosse Menschenmenge den Weg. Viel Volk hatte sich am

Strassenrand versammelt und blickte gebannt in eine Richtung. Alle schienen auf etwas zu warten. Dany versuchte vergeblich herauszufinden, was für ein Spektakel hier stattfinden sollte. Jedes Mal wenn er jemanden danach fragte, wich man ihm aus. Schliesslich war es ihm aber möglich, das Gespräch zweier Männer zu belauschen, welche darüber sprachen, dass der neue Statthalter, Simen Bao, heute offiziell seinen Einzug in die Stadt halten würde. Das Volk war gekommen, um ihm einen gebührenden Empfang zu bereiten.

Dany spürte die Wut in sich hochsteigen. Hatte ihm sein Vater nicht gesagt, dass die mächtigen Leute, welche hinter dem Rat der Weisen standen, genauso Schuld an allem hatten? Ein Statthalter hätte die Macht, diesem Brauch Einhalt zu gebieten? Oder zumindest Lian vor dem Tod zu retten.

Der Jubel des Volkes riss Dany aus seinen trüben Gedanken. Eine Vorhut an Reitern und Fusssoldaten zog die Strasse entlang. Dany drängte sich so gut es ging nach vorne. Er verspürte Wut auf diesen Simen Bao, den er zwar noch nie gesehen, welcher in seinen Augen aber Schuld an allem hatte. Da endlich erblickte er den neuen Statthalter. Hoch zu Ross und in der Uniform eines Generals ritt er die Strasse entlang. Seine schwarzen Haare umrandeten ein kantiges Gesicht, das etwas Würdevolles ausstrahlte. Seine Haltung war Aufrecht und der Blick wach und klar. Hinter ihm und ebenfalls zu Ross folgten seine Wächter und weitere hohe Würdenträger.

Ehe sich Dany versah stand er zuvorderst bei dem jubelnden Volk und begann laut zu schreien. Anfänglich ging seine Stimme im Jubel des Volkes unter, aber immer mehr Leute verstummten und drehten sich zu ihm um. Dany liess sich aber nicht beirren und schrie immer lauter: „Mörder! Verräter! Was fällt dir ein unschuldige Frauen zu töten? Ein geldgieriger Mörder bist du! Ja ein Mörder! Töten sollte man dich! Im Fluss ertränken, dass wäre dein wahrer Verdienst!"

Inzwischen war das ganze Volk vollkommen verstummt. Entsetzt blickten ihn die Leute an. Das Dany's Kleidung verrissen und er mit Blut und Staub bedeckt war, gab ihm ein fürchterliches Aussehen.

„Der Kerl ist verrückt!", sprach eine Frau und zog ihr Kind sicherheitshalber von ihm fort.

Simen Bao, der direkt vor Dany sein Pferd stoppte, sah ihn mit einem undurchschaubaren Blick an. Dany hielt kurz inne. Als er aber einen Schritt nach vorne trat, wurde er sogleich von Fusssoldaten umzingelt.

Zwei von ihnen packten ihn an seinen Armen. Dany versuchte sich zu befreien, jedoch ohne Erfolg. Er bekam mit, wie Simen Bao zu seinen Soldaten einen Befehl sprach, bevor er weiterritt, ohne sich weiter um ihn zu kümmern. Dany jedoch wurde unter dem höhnischen Gelächter und Gespött des Volkes weggeführt. Erneut begann er zu schreien, doch das Volk wandte sich von ihm ab und jubelte wieder dem neuen Statthalter und seinem Gefolge zu. Es interessierte keinen von ihnen, was mit dem verrückten Mann geschehen würde.

Umso weiter Dany weggeführt wurde, umso mehr schlug seine Wut in Angst um. Wo würde man ihn hinbringen? Und was würde nun mit ihm geschehen? Dany sah ein, dass er zu weit gegangen war. Doch diese Erkenntnis kam eindeutig zu spät. Noch nie in seinem Leben hatte er einen solchen Wutausbruch gehabt. Unweigerlich musste er an seinen Vater denken, der ihm beigebracht hatte andere Leute stets Respektvoll zu behandeln. Dass er seine Wut ausgerechnet am Statthalter ausgelassen hatte, war eine erdenklich schlechte Idee von ihm gewesen. Während er über sein Verhalten nachsann, führte man ihn zu einem Wachturm, der sich in der Nähe des Trommelturmes, im Zentrum der Stadt befand. Dort wurde er in eine Zelle gesperrt, ohne dass man ihm mitteilte, was nun mit ihm geschehen sollte.

Erst noch hatten ihn die Weisen davor bewahrt, dass man ihn in eine Zelle sperrte, doch nun hatte er sich selber diesen Schlamassel eingebrockt. Dany blickte sich um. Die Zelle war schmal und hoch. Auf der einen Seite befand sich die Holztür mit einem Gitterfenster. Auf der anderen Seite, in unerreichbarer Höhe, gab es ein vergittertes Fenster, welches nur wenig Tageslicht in die kleine Zelle liess. Ansonsten hatte es kein einziges Mobiliar in der Zelle. So setzte sich Dany auf den kalten Steinboden und vergrub sein Gesicht in seinen Händen. Er schämte sich. Statt Lian zur Seite zu stehen, hatte er sich selbst in diese missliche Lage gebracht.

Das Rascheln eines Schlüssels liess ihn nach einer Weile wieder hochblicken. Kurz darauf traten zwei Männer in die kleine Zelle.

„Wie ich sehe, hast du dich wieder beruhigt", stellte einer der beiden fest. Dany sah ihn überrascht an. Er hatte diese Stimme schon einmal gehört. Und im dämmerigen Licht erkannte er auch die Kleidung des Mannes.

„Jimmy?"

Der angesprochene sah in erstaunt an, ohne ihn wieder zu erkennen.

„Ich bin es, Dany Wang", fügte dieser erklärend hinzu und erhob sich.

„Dany?" Jimmy sah ihn kritisch an.

Erst jetzt wurde Dany so wirklich bewusst, was für einen Eindruck er machen musste. Seine Haare waren noch vom Kampf zerzaust und voller Staub, das teure Gewand hing in Fetzen an seinem Leib und sein Körper war mit Blut und Dreck verschmiert. Verlegen versuchte Dany den Staub von seinem Gewand zu klopfen.

„Du bist es ja tatsächlich", stellte Jimmy erschrocken fest. „Aber, was ist mit dir passiert?" Ungläubig betrachtete er ihn von oben bis unten.

„Das ist eine lange Geschichte." Dany wusste selber nicht, wo er anfangen sollte.

„Unser Bericht wird erwartet", meldete sich nun der zweite Mann zu Wort.

Jimmy beugte sich zu dem Mann hinüber und flüsterte ihm etwas ins Ohr. Dieser nickte und verliess die Zelle.

„Simen Bao möchte wissen, was dieser Aufruhr zu bedeuten hatte, den du veranstaltet hast. Du machst dich gut daran, wenn du mir möglichst kurz erklärst, was das soeben sollte."

„Du arbeitest für den neuen Statthalter?"

„Ja. Aber nun sag schon, was geschehen ist?" Jimmy klang enttäuscht als er weitersprach: „Ich habe gestern noch einen ganz anderen Dany kennen gelernt. Einer mit gewissen Wertvorstellungen."

„Diese habe ich auch jetzt noch. Nur..." Dany hielt kurz inne und sein Blick schweifte durch das Fenster nach draussen, „... es geht um das Leben eines unschuldigen Mädchens."

Dany erzählte in knappen Sätzen von Lian und dem Schicksal, welches ihr durch den Brauch drohte. Und er schilderte Jimmy auch, wie er mit dem grossen Weisen reden wollte und sich dafür ein schönes Gewand ausgeliehen hatte, wie man ihm sein Geld weggenommen, ihn geschlagen und zu guter Letzt auch noch seine Kleider zerrissen hatte.

„Als ich Simen Bao sah", beendete er seine Schilderung, „wurde ich wütend auf ihn. Es war nicht richtig, was ich gesagt habe und ich meinte es auch nicht so. Doch ich kann einfach nicht verstehen, wie er eine solch alte Tradition für Gut heissen kann."

„Du weisst hoffentlich, dass Simen Bao gerade erst in die Stadt gekommen ist?", gab Jimmy zu bedenken. „Wer sagt denn, dass er diesen Brauch kennt?"

„Glaubst du mir?", fragte Dany unsicher.

„Ich finde", gab Jimmy nach kurzer Zeit zu, „dass man auch die Worte der Weisen anhören sollte."

„Du glaubst, dass ich Lüge?"

„Nein. Was ich meine ist, dass jeder das Recht erhalten sollte sich zu äussern."

Dany schüttelte verständnislos seinen Kopf, schwieg jedoch.

„Ich werde Simen Bao deine Schilderungen weiterleiten." Jimmy wandte sich bereits zur Türe.

„Warte! Was wird mit mir geschehen?" Danys Stimme klang ängstlich. Kurz hielt Jimmy inne. Ohne sich zu ihm umzudrehen meinte er: „Mach dir deswegen keine Sorgen."

Dany blickte Jimmy nach, wie dieser die Zelle verliess und die Türe hinter sich ins Schloss fallen liess. Noch kurz vernahm er das Rascheln von Schlüsseln, dann trat wieder Stille ein.

13

In der Einsamkeit der Zelle schien es eine Ewigkeit zu dauern, bis die Türe endlich wieder geöffnet wurde. Es war erneut Jimmy, der gekommen war.

„Folge mir!", befahl er. Dany erhob sich sogleich und ging ihm nach. Draussen vor der Türe standen zwei Soldaten, welche Dany in ihre Mitte nahmen. Jimmy ging ihnen durch die schmalen Gänge voraus und trat schliesslich durch eine Türe in einen Hof.

„Dort kannst du dich waschen und etwas trinken." Jimmy zeigte auf ein rundes Steingefäss, dass in der Mitte des Hofes stand.

Dany liess sich nicht zweimal bitten. Erst jetzt bemerkte er, wie trocken seine Kehle war. Gierig trank er von dem kühlen Wasser, welches sich in dem Gefäss befand. Daraufhin wusch er sich sein Gesicht und seine Arme und im Spiegelbild des Wassers versuchte er auch seine langen Haare wieder einigermassen zu richten. Schliesslich drehte er sich zu Jimmy um, der ihn die ganze Zeit schweigend beobachtet hatte und ihm nun zunickte: „Das ist schon besser. Jetzt erkenne ich dich auch wieder. Und so kann ich dich auch vor Simen Bao führen."

„Wie? Ich soll zu Simen Bao?" Für einen Augenblick blieb Dany's Herz stehen.

„Du sagst es. Er möchte von dir persönlich die ganze Geschichte hören."

Dany verspürte kein Bedürfnis danach, dem unter die Augen zu treten, den er erst gerade noch vor dem ganzen Volk beleidigt hatte. Doch es blieb ihm nichts Anderes übrig. Wieder nahmen in die zwei Soldaten in die Mitte.

Dany wurde zu einem prächtigen Gebäude gebracht, welches direkt an den Hof angrenzte. Dort wurde er in einen grossen Raum geführt.

Auf der linken Seite befand sich eine Fensterfront. Von den Wänden an der rechten Seite hingen jedoch Spruchbänder und Landschaftsbilder zur Zierde. In der Mitte des Raumes, zu beiden Seiten, standen Stühle, welche einen Korridor bildeten. Die Stühle waren leer. Nur zuvorderst, auf einem Podest hinter einem Tisch, sass ein Mann. Es war niemand anderes als Simen Bao. Zu seiner rechten stand ein weiterer Mann.

„Der Mann auf der linken Seite ist Kommandant Liu", flüsterte ihm Jimmy zu. „Er ist ein Freund und Berater von Simen Bao."

Dany wurde an den leeren Stühlen vorbei nach vorne geführt. Vor den beiden Männern verbeugte er sich verlegen. Er nahm wahr, wie ihn die zwei Männer kritisch betrachteten. Schliesslich war es Kommandant Liu, der das Wort an Dany richtete: „Jimmy Li hat uns einiges von dir erzählt. Hätte er nicht ein gutes Wort für dich eingelegt, hätte sich Simen Bao veranlasst gesehen, dein anstössiges Benehmen zu bestrafen."

Dany drehte sich zu Jimmy um, der ihm kurz zunickte.

„Doch deine unbegründeten Beschuldigungen und Beschimpfungen", fuhr der Kommandant fort, „benötigen einer Erklärung."

Dany dachte auf einmal an Yule und das Versprechen, welches er ihr gegeben hatte. Er musste auf seine Wortwahl achten, um sie nicht zu Verraten. Trotzdem sah er die Gelegenheit, sich für Lian einzusetzen.

„Ich ging zu dem grossen Weisen, um ihn um einen Gefallen zu bitten. Ein mir bekanntes Mädchen soll dem Flussgott zur Braut gegeben werden. Ich wollte mit ihnen darüber reden und sie bitten, den Flussgott umzustimmen."

„Jimmy hat uns mitgeteilt, dass du dort so zugerichtet wurdest?", erkundigte sich Kommandant Liu.

„Ja. Sie schlugen mich und haben mein Kleid zerrissen. Zudem haben sie mir mein ganzes Geld weggenommen."

„Was dir geschehen ist, mag nicht rechtens gewesen sein. Doch was hat dies alles mit mir zu tun?", meldete sich Simen Bao zum ersten Mal zu Wort und beugte sich auf seinem Stuhl leicht nach vorne.

Dany sah beschämt zu Boden. „Sie als Statthalter haben eine grosse Macht. Ich verstehe nicht, weshalb Sie es zulassen, dass ein unschuldiges Mädchen getötet wird?"

„Simen Bao hat heute erst sein Amt als neuer Statthalter angetreten. Wie kannst du ihm bloss die Schuld für etwas geben, worüber er bis gerade eben noch überhaupt nichts gewusst hatte?", erkundigte sich Kommandant Liu vorwurfsvoll bei ihm.

Dany nickte, sagte aber nichts dazu.

„Sind die Weisen bereits eingetroffen?", richtete Simen Bao nun seine Frage an Jimmy.

Dany drehte sich überrascht um: „Die Weisen?"

„Ja, sie warten draussen", beantwortete dieser Simen Bao's Frage, ohne Dany anzublicken.

„Gut, dann lasse sie eintreten."

Jimmy nickte und gab unter dem erstaunten Blick von Dany den Befehl an seine Soldaten weiter. Diese verliessen den Raum, um gleich darauf mit zwei Männern und drei Frauen zurück zu kehren. Dany erkannte zwei davon sogleich wieder. Die Hexe und der grosse Weise waren dabei. Ebenfalls entdeckte er den Mann mit dem kantigen Gesicht, welcher mit der Hexe bei der Familie Kong auf Besuch gewesen war. Mit offenem Mund sah Dany zu, wie alle fünf nach vorne geführt wurden und sich ehrerbietig vor Simen Bao verneigten. Die alte Frau warf ihm dabei aber einen hasserfüllten Blick zu, so dass Angst in ihm aufstieg.

„Es ist uns eine Ehre, den neuen Statthalter kennen zu lernen." Der grosse Weise hatte wieder sein freundlichstes Lächeln aufgesetzt.

„Sind diejenigen hier anwesend, welche wie du behauptet hast, verantwortlich für deinen Zustand sind?", wandte sich Simen Bao an Dany, ohne den Gruss zu erwidern.

Dany drehte sich zu den Fünfen um. Der grosse Weise schien ihn erst jetzt wieder zu erkennen. Als er ihn zuletzt gesehen hatte, war Dany's Gewand noch ganz und er selber unversehrt gewesen.

Als Dany die bösartigen und kalten Augen der Hexe auf sich spürte, blickte er geschwind zu Boden. „Ja, sie sind hier", brachte er leise hervor.

„So zeig sie uns", befahl ihm Simen Bao.

Am liebsten hätte sich Dany geweigert. Es war manchmal gemütlicher und einfacher ein Feigling zu sein. Man konnte sich so eine Menge

Unannehmlichkeiten ersparen. Während er unschlüssig dastand, vernahm er ein leises Räuspern hinter sich. Als er seinen Kopf in die Richtung wandte, erblickte er Jimmy, welcher ihn wortlos ansah. Dany verstand. Es gab ihm Mut als er erkannte, dass er nicht alleine war. Mit zittrigen Fingern zeigte er deshalb auf die Hexe, deren Augen vor Wut zu glühen begannen.

„Ich dachte, es seien zwei Personen gewesen?", hakte der Statthalter sogleich nach.

Noch einmal hob Dany seine Hand und zeigte nun auch auf den grossen Weisen.

„Gut. Die anderen dürfen wieder gehen."

Sogleich wurden die drei anderen von den Soldaten nach draussen geführt.

Simen Bao erhob sich von seinem Stuhl.

„Ich habe heute davon erfahren, dass es hier Brauch ist, dem Flussgott eine Braut zur Frau zu geben. Ist das korrekt?"

„Das stimmt", sprach der grosse Weise.

„Wie ihr wisst bin ich neu in der Stadt. Könnt ihr mir von diesem Brauch erzählen?"

„Sehr gerne", übernahm der grosse Weise erneut das Wort. „Viele Jahre lang wurden die Orte um den Yangtse jeden Sommer von schweren Überschwemmungen heimgesucht. Das Wasser zerstörte nicht nur die Ernten, auch Häuser wurden weggeschwemmt. Oft kamen Menschen und Tiere dabei ums Leben. Das Volk wandte sich damals in ihrer Verzweiflung an uns und bat uns um unsere Hilfe."

„Es war bei allen bekannt, dass ein Flussgott für die schweren Überschwemmungen verantwortlich ist", redete die Hexe dazwischen.

Der grosse Weise achtete nicht auf ihre Worte und setzte seine Schilderung fort: „Wir nahmen damals all unseren Mut zusammen und traten mit ihm in Kontakt. Dieser erklärte uns, dass er sich einsam fühlte und sich deshalb Mensch und Tiere zu sich holte. Wir brachten ihm das Anliegen der Bewohner vor, sie zu verschonen. Nach langem Gespräch stimmte der Flussgott zu, dass er das Wasser nicht mehr über die Ufer treten lassen würde. Dies jedoch unter der Bedingung, dass ihm jedes

Jahr eine Jungfrau zur Braut gegeben wird. Uns gab er den Auftrag, die Jungfrau darüber zu informieren und für die Zeremonie einen passenden Termin zu finden. Dies unter Berücksichtigung der Sterne.

Seit wir mit dem Flussgott diesen Bund geschlossen haben, gab es in unserer Gegend keine schlimmen Überschwemmungen mehr", schloss der Mann seine Beschreibung.

„Dies alles können die alten Leute bestätigen", fügte die Hexe krächzend hinzu.

„Und wie wird die Braut auserwählt?", erkundigte sich Simen Bao und setzte sich nachdenklich auf seinen Stuhl.

„Er selber lässt uns anfangs Jahr wissen, welche Jungfrau in seinen Augen würdig ist, seine Braut zu werden."

„Wie ich erfahren durfte, wurde in diesem Jahr die Braut für den Flussgott bereits auserwählt?"

„Das stimmt. Der Flussgott hat sich für ein Bauernmädchen vom Lande entschieden."

„Und wann soll der freudige Tag stattfinden?"

Dany blickte bei diesen Worten entsetzt zu Simen Bao. Einen freudigen Tag nannte er die Opferung von Lian? Seine Hoffnungen, einen Verbündeten in dem neuen Statthalter gefunden zu haben, schwanden sogleich.

„Oh, wir beobachten im Augenblick noch die Sterne und warten auf das benötigte Zeichen."

„Gut. Als neuer Statthalter würde ich gerne bei der Zeremonie zugegen sein, um dadurch dem Flussgott meine Ehre zu erweisen."

„Es ist uns eine Ehre, Euch bei der Hochzeit dabei zu haben. Wir werden Bescheid geben, sobald das Datum bekannt ist", versprach der grosse Weise und die Hexe warf Dany ein siegessicheres Lächeln zu.

„Gut. Dann hätten wir diese Sache geklärt. Jetzt habe ich aber noch ein weiteres Anliegen. Wie man mir erzählt hatte, gab es eine Meinungsverschiedenheit zwischen Ihnen und diesem jungen Herrn. Gerne wollte ich auch Ihre Sicht der Dinge hören."

„Das ist sehr freundlich von Ihnen. Und zeugt von Ihrer grossen Weisheit, dass Sie uns die Möglichkeit geben, uns gegen diese unberechtigten Beschuldigungen zu wehren", begann der grosse Weise wieder mit seiner gewinnenden Art zu sprechen.

Dany sah durch dieses wohlbedachte Auftreten seines Gegenübers seine letzte Möglichkeit dahinschwinden, dass ihm in diesem Raum Recht gesprochen wurde. Und im tiefsten Innern sah er seine Vermutung bestätigt, dass Simen Bao mit dem Rat der Weisen unter einer Decke steckte.

„Ich kann zwar nur für mich sprechen", hörte Dany den grossen Weisen sagen, „doch als ich mich von diesem jungen Mann verabschiedete, waren er und seine Kleider noch in tadellosem Zustand."

„Darf ich fragen, ob Ihr vielleicht in direkter oder weitläufiger Weise jemanden den Befehl gegeben habt, diesen jungen Herrn so zuzurichten?"

„Wo denkt Ihr hin", rief dieser entrüstet. „Ich bin ein angesehener Mann. So was Läge unter meiner Würde."

Simen Bao nickte kurz. Dany musste sich eingestehen, dass der grosse Weise nicht einmal gelogen hatte. Er war zwar am Anfang dabei gewesen, doch es war die Hexe, welche ihn verprügeln liess. Und dies auch erst nachdem der grosse Weise bereits gegangen war.

Simen Bao schien die gleichen Schlüsse zu ziehen.

„So muss ich davon ausgehen, dass Sie dafür verantwortlich sind?", wandte er sich sogleich an die Hexe.

„Was für eine Frechheit", krächzte diese. „Wir sind hier die eigentlichen Opfer. Dieser junge Mann gab sich als reicher Herr aus und wollte mit uns einen Handel abschliessen. Zum Glück habe ich ihn sogleich wieder als Bediensteter einer reichen Familie erkannt. Wir waren ihm noch so gnädig und haben darauf verzichtet bei Euch Meldung zu erstatten. Und dass ist nun der Dank dafür", gab sie sich empört.

Dany schnappte wütend nach Luft. „Das ist nicht wahr!", rief er verärgert. Er konnte nicht glauben, wie auf einmal alles verdreht wurde und man versuchte ihn im schlechten Licht dastehen zu lassen. „Ihr habt mich schlagen und mein Kleid zerreissen lassen. Und danach habt ihr mir auch mein Geld gestohlen."

„Gestohlen? Ich würde niemals Geld stehlen. Jedoch habe ich heute Morgen auf der Strasse Münzen aufgefunden, welche verstreut auf dem

Boden herumlagen. Da kann ja jeder hergelaufene Bettler kommen und behaupten, dass es sein eigenes Geld gewesen ist. Doch wer glaubt schon einem Betrüger, welcher sich in teure Gewänder hüllt und sich als wohlhabender Mann ausgibt?"

„Wenn ich soeben richtig vernommen habe", schaltete sich Simen Bao wieder in das Gespräch ein, „haben Sie heute Geld aufgefunden?"

„Ja, genau", bestätigte die alte Frau zögerlich. Ihr war sogleich klar, dass sie mehr gesagt hatte, als sie hätte tun sollen.

„Dann müssen Sie zugeben, dass das Geld weder dem jungen Mann noch Ihnen gehört. Oder irre ich mich dabei?"

„Aber ich habe es doch selber gefunden?"

„Sagten Sie nicht, es lag auf der Strasse auf dem Boden?"

„Ja, das stimmt", gab sie kleinlaut zu.

„Dann kann ich Ihnen das Geld nicht einfach belassen. Das Geld gehört der Stadt. Ich muss Sie deshalb bitten, mir das Geld auszuhändigen."

Kaum hatte Simen Bao seinen Satz beendet, trat Jimmy Li auf sie zu und hielt ihr fordernd seine offene Hand entgegen.

Diese sah erstaunt zuerst zu Jimmy und dann wieder zu Simen Bao.

„Jetzt gleich", ergänzte dieser, als er ihr zögern bemerkte. „Sie können das Geld gerne meinem Berater überreichen."

„Ich habe das Geld leider nicht dabei", behauptete sie schnell.

„Ich kann mir nicht vorstellen", meldete sich nun Kommandant Liu zu Wort, „dass eine wohlhabende Dame wie Sie das Haus ohne Geld verlässt. Bestimmt haben Sie noch etwas in Ihrer Tasche? Und ansonsten können Sie vielleicht Ihren Kollegen um etwas Geld bitten."

Kurz blickte sie zu dem grossen Weisen, der ihr einen vorwurfsvollen Blick zuwarf. Zögerlich griff sie in ihre Tasche und holte eine Handvoll Geldmünzen daraus hervor, welche sie in Jimmy's Hand legte. Dieser brachte das Geld zu Simen Bao und legte es vor ihm auf den Tisch.

„Gut. Und um nochmals auf den Vorfall zu sprechen zu kommen..."

„Ich habe nichts damit zu tun", fiel ihm die Hexe sogleich ins Wort.

„Tja, weil ich hier zwei verschiedene Aussagen habe, aber keine Zeugen, kann ich nicht das Gegenteil beweisen." Simen Bao machte ein entschuldigendes Gesicht und an die beiden Weisen gerichtet fügte er hinzu: „Ich lasse sie deshalb gehen."

Beide waren sichtlich erleichtert. Die Hexe verbeugte sich tief vor Simen Bao und der grosse Weise fügte schmeichelnd hinzu: „Es war uns eine Ehre, unseren neuen Statthalter kennen zu lernen und seine Weisheit zu erfahren."

„Ja, genau", stimmte die alte Frau in das Lob ein, „und natürlich ist es uns eine grosse Freude, Sie an der Hochzeit des Flussgottes als unseren Ehrengast willkommen zu heissen."

Simen Bao dankte mit einem Nicken. Jimmy führte die beiden anschliessend nach draussen. Als die drei den Raum verlassen hatten, trat für einen Augenblick Stille ein.

Dany kochte vor Wut und plötzlich taten ihm seine Worte, welche er auf der Strasse dem Statthalter zugerufen hatte, nicht mehr Leid. Doch trotz seines Ärgers riss er sich zusammen. Er wollte nur noch hier raus, weshalb er es für das Beste hielt, seinen Zorn hinunter zu schlucken.

„Es ist nicht immer einfach, ein gerechtes Urteil zu fällen", wandte sich Simen Bao schliesslich an ihn. „Ich kann in dieser Angelegenheit nicht einfach jemanden Verurteilen. Und doch sehe ich, dass deine Kleidung bestimmt teuer gewesen ist. Das Geld auf meinem Tisch gehört zwar der Stadt, doch als Statthalter habe ich die freie Befugnis über deren Verwendung zu bestimmen. Darum werde ich es dir aushändigen. Das Geld sollte genügen, um ein gleichwertiges Gewand zu kaufen."

Simen Bao nickte dem Kommandanten Liu zu, welcher sogleich das Geld vom Tisch nahm und es Dany brachte. Dieser warf einen Blick auf die Geldmünzen in seiner Hand. Sogleich erkannte er, dass ein Teil des Geldes fehlen musste. Verärgert biss er sich auf die Lippen. Er entschied jedoch, dass es besser war sich damit zufrieden zu geben. Somit konnte er wenigstens Weiwu sein Gewand ersetzen. Er nahm das Geld an sich, machte Simen Bao aber nicht den Gefallen, sich dafür zu bedanken.

Dieser schien dies auch nicht zu erwarten. Kaum hatte Dany das Geld in seinen Händen, erhob er sich von seinem Stuhl. „Du kannst nun gehen", meinte er knapp. Dann fügte er aber doch noch hinzu: „Und handle das nächste Mal bedachter."

Enttäuscht steckte Dany das Geld in seine Tasche und sah zu, wie Simen Bao den Raum verliess. Durch den Kommandanten Liu wurde er anschliessend nach draussen geführt. Als er endlich wieder freien Himmel über seinem Kopf hatte, blickte er sich suchend um. Er hatte gehofft Jimmy draussen zu sehen, doch dieser war nirgends anzutreffen. Zumindest bei ihm hatte sich Dany für dessen Fürsprache bei Simen Bao bedanken wollen. Da dies nun nicht möglich war, entschied sich Dany zur Familie Kong zurück zu kehren.

14

Als Dany in den inzwischen leeren Gassen entlang ging hielt bereits die Dämmerung Einzug. Er war noch nicht weit gekommen, als jemand seinen Namen rief. Er wandte sich in die Richtung, aus der die Stimme gekommen war und erblickte Shunli, der erschrocken auf ihn zukam.

„Mann, wie siehst du denn aus?", fragte er zuerst, um aber sogleich hinzuzufügen, „ist es also wahr, dass man dich verhaftet hat?"

Erst jetzt wurde Dany die Tragweite seiner Tat bewusst. Wie hatte er erst noch über Menschen gedacht, welche eingesperrt wurden. In seinen Augen waren dies alles Schwerverbrecher. Und auf keinen Fall wollte er mit so jemand etwas zu tun haben. Und zum ersten Mal schämte er sich aus tiefstem Herzen für alles, was er getan hatte. Wie hatte es nur soweit kommen können?

„Haben sie dich etwa im Gefängnis so zugerichtet?", holte ihn sein Freund aus seinen Gedanken zurück.

Dany schüttelte seinen Kopf. „Nein, das war jemand anders gewesen, der mir dies angetan hat."

„Warum wurdest du dann verhaftet?", wunderte sich sein Kollege.

Dany, verlegen um eine ehrliche Antwort, hob seine Hand zum Gruss: „Entschuldige. Aber ich muss zurück. Wir sehen uns ein andermal."

Schnell eilte er die Gassen entlang und hielt erst hinter einem Schuppen an. Dort blickte er an sich hinab. So wie er aussah konnte er sich auf keinen Fall bei der Familie Kong sehen lassen. Er zog den Überhang aus, welcher am übelsten zugerichtet war und wickelte ihn zusammen. So ging er weiter, möglichst darauf bedacht keine Aufmerksamkeit zu erregen. Kurz bevor er das Anwesen der Familie Kong erreichte, wurde er trotzdem wiedererkannt.

„Dany!"

Sein Name wurde nicht in einer erfreuten Weise gerufen. Es war Weiwu, welcher unter einem Baum vor dem Anwesen sass und ihn anscheinend erwartet hatte. Nun erhob er sich von seinem Platz und kam auf ihn zu. Seine Augen ruhten auf der zerrissenen Kleidung.

„Bitte sage mir nicht, dass dies mein teures Gewand ist, welches ich dir ausgeliehen habe und welches du versprochen hast wie deinen Augapfel zu hüten?" Weiwu deutete dabei auf das Stoffknäuel in Danys Armen.

Dany, welcher gehofft hatte, dass er ein Ersatzgewand besorgen könnte, bevor er Weiwu unter die Augen treten würde, sah zu Boden.

„Es tut mir furchtbar leid, was geschehen ist. Ich wurde überfallen und ausgeraubt", behauptete Dany, der sich einredete, dass dies nicht einmal vollkommen gelogen war. Schnell fasste er in seine Tasche und nahm all sein Geld daraus hervor. „Schau, du brauchst dir keine Sorgen zu machen. Ich habe den neuen Statthalter über den Vorfall informiert und er hat mir dieses Geld gegeben. Damit kannst du dir ein neues Gewand kaufen." Dany griff nach der Hand von Weiwu, doch dieser zog diese sogleich zurück.

„Behalte dein dreckiges Geld. Wer weiss schon, ob du es nicht selber gestohlen hast?"

Dany sah seinen Freund entsetzt an. „Was meinst du damit? Was willst du damit sagen?"

Weiwu verschränkte seine Arme vor seiner Brust und sah ihn verächtlich an: „Ich sage nur die Wahrheit. Bereits überall in der Stadt wird herumerzählt, wie du wie ein Irrer herumgeschrien und den neuen Statthalter beleidigt hast. Alle haben sie gesehen, wie du danach von Soldaten weggeführt wurdest. Und jetzt willst du behaupten, dass er dir dafür Geld gegeben hat?"

Dany wurde ganz blass. Er fragte sich erneut, weshalb er so weit gegangen war und in diesem Augenblick entfiel es ihm gänzlich, dass er dies alles aus Liebe zu Lian getan hatte.

„Weisst du was?", fuhr Weiwu fort, „du bist nicht mehr derselbe Dany, welcher mir immer ein guter Freund gewesen ist. Mit dem neuen Dany will ich nichts mehr zu tun haben." Ohne ein weiteres Wort zu verlieren drehte sich Weiwu von ihm ab. Seinen besten Freund so weggehen zu sehen schmerzte ungeheuerlich. Nur mit Mühe gelang es Dany seine Tränen zurückzuhalten. Es war nicht nur die Trauer um seinen verlorenen Freund, sondern auch darüber, was aus ihm geworden war.

Niedergeschlagen schleppte sich Dany zum Hauseingang der Familie Kong. Er wollte nur noch zu Bett gehen. Doch bereits am Eingang wurde er von einem Angestellten abgefangen, welcher ihm mit wenigen Worten erklärte, dass Herr Kong ihn sehen möchte.

Dany schluckte schwer. So hatte auch Herr Kong von seiner Verhaftung erfahren. Soeben hatte Dany gedacht, dass er den Tiefpunkt bereits erreicht hatte, doch wie es schien, war seine Unglückssträhne noch nicht zu Ende.

Er folgte wortlos seinem Kollegen, der ihn bis zum Wohnzimmer der Familie Kong führte. Als Dany eintrat fiel sein Blick sogleich auf Herrn Kong. Dieser sass in einem Sessel, eine Teetasse in seiner Hand, und sah ihn ungläubig an.

Dany trat langsam näher. Auf einmal nahm er Yule wahr, welche an der Türe stand und ihn mit weit aufgerissenen Augen anstarrte, so als wäre er ein Geist. Trotz der ganzen Situation war Dany erleichtert, dass Frau Kong nirgends zu sehen war. Egal was nun kam, würde es nur halb so schlimm sein, wenn Herr Kong das Urteil sprach.

„Ich kann es nicht glauben", begann Herr Kong zu reden. Er nahm noch einen Schluck Tee, bevor er die Tasse auf den Tisch stellte. Die ganze Zeit liess er Dany nicht aus den Augen.

„Alle haben davon gesprochen, dass mein hinkender Angestellter verhaftet worden sei. Wie ein Verbrecher habe man ihn weggeführt, nachdem er auf der Strasse völlig ausgerastet sei und den neuen Statthalter beleidigt habe." Herr Kong schüttelte seinen Kopf. „Ich habe dich noch verteidigt. Unser Dany macht so was nicht. Das muss jemand anderes gewesen sein, habe ich zu den Leuten gesagt. Der Dany, welcher bei mir arbeitet ist ein guter Kerl. Er hat sich heute frei genommen, um seine kranke Mutter zu besuchen." Herr Kong seufzte. „Das alles habe ich gesagt." Wieder griff er nach seiner Teetasse.

Die Stille war erdrückend, doch Dany hütete sich davor etwas zu sagen. Es schien eine Ewigkeit zu dauern, bis Herr Kong seine Teetasse geräuschvoll auf den Tisch zurückstellte. Dany wusste, dass sein Chef soeben sein Urteil gefällt hatte.

„Du hast Schande über unser Haus gebracht. Vor allem aber hast du mich lächerlich gemacht. Ich kann dich nicht weiter in unserem Haus dulden. Bevor der neue Tag anbricht möchte ich, dass du unser Haus verlassen hast. Und danach will ich dich hier nie wiedersehen. Hast du mich verstanden?"

Dany fühlte sich, als ob jemand soeben den Boden unter seinen Füssen weggerissen hatte. Seine Kehle war völlig zugeschnürt, weshalb er wortlos nickte, sich umdrehte und ging. Wie ein geschlagener Hund lief er nach draussen, an Yule vorbei, ohne sie eines Blickes zu würdigen.

Sobald Dany andere Kleider angezogen und seine wenigen Habseligkeiten zu einem Bündel zusammengeschnürt hatte, schlich er sich vom Anwesen der Familie Kong davon.

Inzwischen war es draussen dunkel geworden. Die Strassen waren so düster wie sein Herz. Er wusste, dass er an diesem Abend nicht mehr in sein Dorf gelangen konnte. So lief er ziellos umher, bis er den Stadtrand erreichte und dort auf einen leeren Holzschopf stiess. Wenigstens einmal schien sein Glück ihm hold zu sein, denn der Schopf war unverschlossen. So ging er hinein und setzte sich auf den Boden. Er verspürte weder Müdigkeit noch Kälte. Das einzige was er verspürte war eine tiefe, gähnende Leere in sich.

So sass er auf dem kalten Boden und starrte in die Dunkelheit ohne etwas anzuschauen und ohne einen klaren Gedanken fassen zu können. Die Zeit schien nicht zu vergehen, aber es machte ihm nichts aus.

Irgendwann drangen die ersten Sonnenstrahlen des anbrechenden Tages durch die Holzritzen zu ihm. Er nahm es wahr, stand auf und ging weiter. Er machte sich auf den Nachhauseweg, einfach deshalb, weil dies der einzige Ort war, welcher ihm in den Sinn kam. Seine Glieder schmerzten, doch der Schmerz in seinem Herzen verdrängte alles andere.

Schliesslich nahm er doch wahr, dass sich am Himmel immer mehr und mehr Wolken bildeten und irgendwann war die Sonne nicht mehr zu sehen. Es war das erste Mal seit er bei Simen Bao gewesen war, dass seine Gedanken wieder zu Lian zurückkehrten. Die Regenzeit kündigte sich an und ihr würde nicht mehr viel Zeit übrigbleiben. Doch die Leere in ihm liess keine Gefühle für Lian zu und so nahm er es zur Kenntnis.

Dany liess sich Zeit auf seinem Weg, wobei seine schmerzenden Wunden und sein hinkendes Bein auch nicht zuliessen, dass er schneller ging. Als er sich seinem Heimatdorf näherte beobachtete er beschämt, wie die Leute, denen er unterwegs begegnete, ihm nachsahen. Hinter vorgehaltener Hand tuschelten sie über ihn. Dany ahnte schlimmes. Als er schliesslich sein Elternhaus erreichte, war es Nachmittag geworden. Die Eingangstüre stand offen, so wie es bei ihnen tagsüber üblich war. So trat er ohne anzuklopfen in das Haus.

Im Flur blieb er stehen und rief seine Eltern. Als er keine Antwort erhielt, ging er zuerst ins Wohnzimmer, wo er aber niemanden antreffen konnte. Deshalb begab er sich als nächstes in die Küche. Und tatsächlich sassen die beiden am Küchentisch. Zu seiner Bestürzung aber hatte seine Mutter ihr Gesicht in ein Taschentuch vergraben und gab laute Schluchzer von sich. Sein Vater sass niedergeschlagen daneben und starrte Löcher in die Luft.

„Mutter! Vater!".

Erst jetzt nahmen ihn seine Eltern wahr. Seine Mutter fing bei seinem Anblick jedoch noch lauter an zu schluchzen. Sein Vater aber stand auf und kam sogleich auf ihn zu. Und ehe er sich versah, hatte ihm sein Vater eine schallende Ohrfeige verpasst. Benommen torkelte Dany einen Schritt nach hinten und blickte seinen Vater dabei entsetzt an. Dieser hielt seine rechte Hand weiterhin erhoben und starrte ihn an.

„Was hast du getan?", rief er wütend. „Ist dir bewusst, was du angerichtet hast? Wie konntest du dies deiner Mutter und mir antun? Ist dies der Dank für all die Jahre, in welchen wir versucht haben dich zu einem anständigen Mann zu erziehen? Was haben wir nur getan, dass du uns so bestrafst? Den Namen deiner Eltern und deiner Ahnen hast du in den Dreck gezogen." Sein Vater hatte sich richtig in Rage gesprochen, verstummte dann aber abrupt. Tränen rannen ihm auf einmal über die Wangen und langsam liess er seine rechte Hand sinken.

Jetzt wo die Stimme seines Vaters verstummt war, vernahm Dany wieder das Schluchzen seiner Mutter.

„Bitte, lasst es mich erklären", versuchte Dany einzuwenden, doch sein Vater hob sogleich wieder seine Hand und gab ihm damit klar zu verstehen, dass er nicht hören wollte, was sein Sohn zu sagen hatte.

„Im Dorf sprechen sie schon alle darüber. Mit den Fingern haben sie auf uns gezeigt und hinter unserem Rücken geflüstert." Kurz hielt er inne und sah zu seiner Frau.

„Ich möchte, dass du gehst." Tonlos hatte er diese Worte gesprochen, ohne ihn dabei anzusehen.

„Vater!", rief Dany verzweifelt. Er trat einen Schritt nach vorne, doch die immer noch erhobene Hand seines Vaters hielt ihn davon ab, sich ihm weiter zu nähern.

„Glaube ja nicht, dass du hier einen Unterschlupf findest. Dass du deine Arbeit und deine Unterkunft verloren hast, ist allein deine Schuld. Nun kannst du auch selber schauen, wie du aus diesem Schlamassel wieder herauskommst."

Sein Vater setzte sich wieder zu seiner Frau und drehte ihm dabei den Rücken zu. Dany aber starrte ihn ungläubig an. Er konnte dies einfach nicht wahrhaben.

„Mutter, bitte", flehte er.

„Hast du deinen Vater nicht gehört?", fragte diese mit tränenerstickter Stimme. „Du sollst gehen." Die letzten Worte hatte sie mehr geflüstert als gesprochen und doch trafen sie Dany mitten ins Herz.

Eine Weile blieb er noch stehen und betrachtete seine Eltern, welche ihm jedoch keine weitere Beachtung mehr schenkten. Schliesslich drehte er sich um und verliess die Küche. Er blickte nicht mehr zurück, als er auf die Strasse trat. Sein Blick wanderte zum Himmel und er fragte sich, wann dieser Albtraum endlich ein Ende hat.

15

Mit gesenktem Kopf und hängenden Schultern schleppte sich Dany ziellos durch die Strassen. Immer wieder spürte er vorwurfsvolle Blicke auf sich, und diesmal schmerzten sie ihn.

Irgendwann realisierte er, dass er unbewusst die Strasse zu Lian's Elternhaus eingeschlagen hatte. Und als ihm das klar wurde, beschloss er Lian zu besuchen. Sein Herz begann immer stärker zu pochen, umso mehr er sich dem Haus näherte. Wussten ihre Eltern ebenfalls schon Bescheid und würden ihn wegschicken, ohne dass er Lian sehen durfte? Und was würde Lian sagen, wenn er ihr alles erzählte? Würde sie verstehen, dass er dies alles nur für sie getan hatte?

Seine eigenen Sorgen verflogen sogleich, als er Lian draussen vor dem Haus auf der Treppe sitzen sah. Sie war ganz blass, doch als sie Dany erblickte, sprang sie auf und rannte sogleich auf ihn zu.

„Dany!" Erfreut fiel sie ihm um den Hals. Dany war völlig überrascht von dieser überschwänglichen Begrüssung, doch tat es ihm auch unglaublich gut, endlich wieder einmal freundlich behandelt zu werden. So umarmte er sie liebevoll.

Herr und Frau Feng, welche Lian's Rufe gehört hatten, traten eilig nach draussen, blieben dann aber in einiger Entfernung stehen. Erst nach einer Weile bemerkte Dany die beiden. Er nickte ihnen zu. In ihren Augen konnte er diesmal keinen Ärger über ihre Umarmung erkennen. Lian hatte inzwischen zu weinen begonnen, weshalb er sie weiterhin in seinem Arm festhielt.

„Es ist schön, dass du nochmals gekommen bist um Lian zu sehen", begrüsste ihn Herr Feng schliesslich und trat näher heran. „Sie hat bereits befürchtet, dass sie sich nicht mehr von dir verabschieden kann."

„Wie meinen Sie das?"

„Es bleibt ihr nur noch eine Woche und sie wusste nicht, ob du es einrichten kannst, um nochmals vorbei zu kommen."

„Eine Woche?" Dany erstarrte. „Weshalb nur noch eine Woche?" Erst jetzt begriffen ihre Eltern, dass Dany noch keine Ahnung hatte.

„Der Tag für die Heirat wurde auf die kommende Woche festgesetzt. Am Tag des Vollmonds wird sie..." Herr Feng brach ab. Zärtlich strich er mit seiner Hand über den Kopf seiner Tochter. „Heute früh war eine der Hexen gekommen und hat uns das Brautkleid gebracht."

Dany war wie vom Blitz getroffen. Entsetzt liess er seine Arme sinken und starrte Lian's Eltern an. Lian selbst liess nun ebenfalls die Arme sinken. Und erst jetzt nahm sie die Kratzer und Prellungen in seinem Gesicht wahr.

„Was ist mit dir geschehen?", fragte sie erschrocken. Dany brach es beinahe das Herz, dass Lian trotz ihrem bevorstehenden Schicksal sich noch um ihn Sorgen machte.

„Dies ist eine längere Geschichte", meinte er knapp und blickte dabei immer noch zu Lian's Eltern. Diese schienen ebenfalls erst jetzt die Wunden wahrzunehmen. Weil sie aber keine Miene verzogen, nahm er an, dass sie noch nichts von den Geschehnissen am Vortag vernommen hatten.

„Komm, wir lassen die beiden alleine", wandte sich Herr Feng an seine Frau. Er wollte seiner Tochter die wenigen Tage, welche ihr noch blieben, so schön wie möglich gestalten. Kurz nickte er Dany zu, nahm dann seine Frau bei der Hand und kehrte mit ihr ins Haus zurück.

Schnell wischte sich Lian mit der Hand die Tränen aus dem Gesicht. „Lass uns spazieren gehen", schlug sie vor, nachdem sie sich wieder gefasst hatte. Eine Weile gingen sie schweigend nebeneinander her, beide dankbar über die Anwesenheit des andern. Der Weg, dem sie folgten, führte sie an einigen trockenen Ackerfeldern vorbei, hinunter zu einem kleinen Weiher. Gleich dahinter begann ein grosser Wald. Hier hatten sie als Kinder oft zusammengespielt.

Als sie den Weiher erreichten, setzten sie sich Schulter an Schulter nebeneinander hin.

„Erzählst du mir nun, was vorgefallen ist", bat Lian, welche Dany genügend gut kannte, um zu wissen, dass etwas Schlimmes passiert sein musste. „Du prügelst dich doch sonst nie?"

Dany war unschlüssig, ob er ihr alles berichten sollte. Er fand es taktlos und egoistisch seinen Kummer in den Vordergrund zu stellen.

„Es ist nur eine Nichtigkeit", spielte er deshalb die ganze Sache herunter.

„Kannst du sie mir nicht trotzdem erzählen", gab Lian noch nicht auf. „Ich brauche etwas Ablenkung, sonst werde ich hier noch verrückt."

„Gut", stimmte Dany zögerlich zu. Und während sie auf den Weiher hinaus starrten erzählte er ihr in abgeschwächter Form von seiner Idee. Yule liess er dabei pflichtbewusst unerwähnt. Er schilderte ihr dafür umso ausführlicher, wie er von Weiwu die Kleidung ausgeliehen und sich zu den Weisen begeben hatte. Und er beschrieb ihr auch, wie es ihm dort ergangen war und wie er danach, weil er den Statthalter auf der Strasse gesehen und diesen beleidigt hatte festgenommen worden war. Zuletzt musste er selber mit seinen Tränen kämpfen, als er davon sprach, wie er zuerst von Herrn Kong und danach von seinen Eltern aus dem Haus geworfen worden war.

„Das hast du alles für mich getan?"

Dany überlegte kurz, denn in all seinem Unglück hatte er tatsächlich vergessen, weshalb er dies alles getan hatte.

„Ja. Es hat aber nichts gebracht. Alles war vergebens."

Dany konnte seine Enttäuschung nicht verbergen. Lian aber, beugte sich langsam zu ihm nach vorne und drückte ihm zärtlich einen Kuss auf die Wange. „Danke."

„Wofür war das?", fragte dieser, dem vor lauter Verlegenheit nichts Klügeres in den Sinn kam.

„Das war dafür, dass du versucht hast, mein Leben zu retten." Lian setzte ein zärtliches Lächeln auf.

Lange blickte Dany in ihre dunklen Augen. Sie hatte ein so bezauberndes Lachen und er konnte es nicht zulassen, dass dieses für immer erlöschen sollte. Und plötzlich war all seine Scham für seine

Taten wie weggeblasen. Er wusste, dass er richtig gehandelt hatte und er dasselbe wieder machen würde.

„Würdest du mit mir mitkommen?", überrumpelte er sich schliesslich selber mit der Frage an Lian.

„Wohin?"

„Egal wohin. Hauptsache weg von hier. Lass uns vor deinem Schicksal davonrennen. Wenn du nicht hier bist, können sie dich auch nicht dem Flussgott zur Braut geben."

„Denkst du nicht, dass ich diese Idee auch bereits hatte? Entweder abhauen, oder den Zeitpunkt und die Art meines Todes selber bestimmen."

„So lass es uns tun."

„Die Sache ist nicht so einfach wie du es dir vorstellst", wandte Lian ein. „Da ist noch dieser Bewacher, welcher hier im Dorf sein soll. Er wird nicht zulassen, dass ich verloren gehe."

Dany erinnerte sich sogleich an die Worte des Torwächters. Schnell stand er auf und sah sich auf alle Seiten um. „Ich sehe hier aber weit und breit niemanden. Und sollten wir trotzdem beobachtet werden, müssen wir es einfach geschickt anstellen." Er setzte sich aufgeregt wieder hin. In seinem Kopf begann ein neuer Plan zu reifen.

„Aber, ich kann dies doch meinen Eltern nicht antun und einfach abhauen", äusserte Lian nun ihre nächsten Bedenken.

„Denkst du nicht, dass sich deine Eltern wünschen würden, dass du am Leben bleibst?"

„Natürlich möchten sie nicht, dass ich sterben muss."

„Na, siehst du."

„Doch was ist, wenn es wegen mir grosse Überschwemmungen gibt? Wenn sich der Flussgott rächt, weil ich weggelaufen bin?"

Dany schüttelte verständnislos seinen Kopf: „Sag einmal, hast du denn alles bereits aufgegeben? Willst du denn nicht am Leben bleiben?"

„Entschuldige", Lian sah traurig zu Boden. „Weisst du, wie hart es ist, wenn einem auf einmal mitgeteilt wird, dass das eigene Leben keine

Zukunft mehr hat? Wie es ist, wenn einem auf einen Schlag alle Träume und Wünsche genommen werden? Ich dachte, ich müsste durchdrehen, und vielleicht wäre dies auch einfacher gewesen, um all dies hier zu erdulden. Doch ich habe mich entschieden, dass ich in Würde sterben möchte. Ich will im Tod meinen Eltern keine Schande bereiten."

Dany betrachtete Lian und seine Liebe zu ihr entbrannte noch mehr, jetzt wo er ihren Mut und ihre Stärke erkannte.

„Ich kann mir nichts Schöneres vorstellen", sprach Lian weiter, „als mit dir zusammen zu sein. Ich liebe dich. Und wenn du mit mir weglaufen willst, dann musst du mir nur Versprechen, dass wir es auch schaffen werden. Ich würde es nicht aushalten, mir Hoffnungen zu machen, um dann doch alles zu verlieren. Versprichst du mir das?"

Dany griff nach ihrer Hand und sprach feierlich: „Ich verspreche dir, dass ich nicht zulassen werde, dass du dein Leben dem Flussgott opfern musst."

16

Sobald der Entschluss gefasst war, dass sie gemeinsam davonlaufen, begannen sie einen Plan zu schmieden. Mit gedämpften Stimmen besprachen sie alles bis ins Detail, ohne dabei zu vergessen, sich immer wieder zu versichern, dass niemand sie belauschte. Sie beide begangen wieder Hoffnung zu schöpfen. Dany machte den Vorschlag, bereits am nächsten Tag ihren Plan in die Tat umzusetzen. Er brauchte noch etwas Zeit, um einzelne Dinge vorzubereiten und zu besorgen. Früher, als ihnen lieb war, trennten sie sich wieder. Doch die Aussicht, dass sie ab dem nächsten Tag nie mehr getrennt sein würden, liess ihnen den Abschied leichter fallen.

Nachdem er Lian nach Hause begleitet hatte, schlug Dany sogleich den Weg ins Nachbardorf ein. Dieses lag gut eine Stunde von ihrem Dorf entfernt, auf der anderen Seite des Waldes. Er erhoffte sich dadurch dem Geschwätz der Leute ausweichen zu können.

Ein schmaler Weg führte am Waldrand entlang und bot ihm die ganze Zeit einen schattigen Platz. Obwohl dies überhaupt nicht mehr notwendig war, wurde die Sonne doch ständig wieder durch Wolken bedeckt und der Wind blies ebenfalls ein kühles Lüftchen. Von der Hitze der vergangenen Tage war nichts mehr zu spüren. Besorgt blickte er immer wieder in den Himmel hinauf. Vielleicht wäre es besser gewesen, wenn sie noch am selben Tag losgezogen wären.

Dany griff in seine Tasche. Das Geld, welches ihm Simen Bao gegeben hatte war immer noch da. Und trotzdem fand Dany es besser, noch zwei, drei Dinge vorzubereiten.

Es war bereits Abend, als er das Nachbardorf erreichte. Wie erhofft, beachtete man ihn kaum und diejenigen Blicke, welche ihn trafen, waren ohne Vorurteile. Man sah ihn so an, wie man überall einen fremden anschaute der hinkend durch die Strassen ging und dessen Gesicht mit

Kratzer ein wenig entstellt war: Mit Neugierde und Interesse, vielleicht auch ein wenig mit Misstrauen, aber ohne Hass oder Abscheu.

Unterwegs hatte er genügend Zeit gehabt, sich in Gedanken eine Liste der Dinge zusammenzustellen, welche sie für die nächsten Tage benötigten. So klapperte er gezielt die einzelnen Marktstände ab und hatte schon bald alle benötigten Utensilien beisammen. Alles verstaute er in seinem Stoffbeutel, den er sich über die Schulter gehängt hatte.

Für die Nacht suchte er sich im Dorf eine Bleibe. Noch nie hatte er Geld für eine Herberge ausgegeben, doch die letzten Tage und die vielen Ereignisse hatten stark an seiner Energie gezerrt. Sein Körper brannte immer noch von den Schlägen und Tritten, die er einstecken musste, und seine Seele schmerzte von den vielen seelischen Verletzungen. Bereits wurde es draussen dunkel, als er sich in seinem Lager zum Schlafen hinlegte. Trotz der Müdigkeit konnte er wider Erwarten lange nicht einschlafen und wenn er doch mal einnickte, liess ihn sogleich wieder ein Alptraum hochschrecken.

So brach schliesslich der Morgen an, ohne dass er die erhoffte Erholung gefunden hatte. Zum Frühstück verdrückte er ein Stück gedämpftes Brot, obwohl er keinen Hunger verspürte. Dann endlich machte er sich auf den Weg. Er kam gut voran und erreichte schon bald den Wald, wo er den Beutel mit seinen Habseligkeiten sorgfältig versteckte. Endlich war alles vorbereitet und er schlug den Weg zu Lian's Elternhaus ein.

Umso näher er dem Haus kam, umso aufgeregter wurde er. Von weitem sah er ein weisses Tuch aus einem der Fenster ragen. Dies war ihr vereinbartes Zeichen, dass Lian bereit war und auf ihn wartete.

Kurz darauf klopfte Dany an die Haustüre. Es war Lian's Vater, welcher ihm die Türe öffnete und ihn ins Wohnzimmer führte. Gleich darauf erschien Lian. Sie begrüssten sich zurückhaltend, beide damit beschäftigt ihre Aufregung zu verbergen. Lian's Vater liess es sich nicht nehmen, Dany einen Tee anzubieten und so setzten sie sich widerwillig für eine Weile hin.

Frau Feng war, wie Dany erfuhr, am Morgen in die Stadt gegangen. Dabei nahm er wahr, wie Lian mit ihren Tränen zu kämpfen hatte. Sie würde keine Möglichkeit mehr haben, sich von ihrer Mutter zu verabschieden. Um möglichst schnell aufbrechen zu können, behauptete Dany schliesslich, dass sie noch einen Spaziergang machen wollten, bevor es zu regnen begann. Herr Feng blickte nach draussen und nickte: „Du hast recht. Den Wolken nach wird es heute noch Regen geben. Der Flussgott wird langsam unruhig."

Sie erhoben sich schweigend. Was sagt man zu seinem Vater, den man vermutlich niemals mehr sehen wird? Lian ging auf ihn zu. Eine Weile suchte sie nach Worten, ohne wirklich etwas zu sagen. Dany befürchtete bereits, dass ihr Vater ihren Plan erraten könnte. Schliesslich brachte sie stockend hervor: „Sag Mutter, dass ich mit Dany draussen bin, wenn sie zurückkommt. Ich will nicht, dass sie sich sorgen macht, wenn ich nicht zu Hause bin."

„Ich werde es ihr sagen." Ihr Vater lächelte und strich Lian liebevoll übers Haar. „Ich habe dich lieb."

Für einen Augenblick hatte Dany das Gefühl, dass Lian's Vater genau wusste, was sie beide vorhatten.

Zielstrebig verliessen sie das Haus und begaben sich zum Weiher hinunter. Lian hütete sich davor sich umzudrehen, doch ihre Augen waren mit Tränen gefüllt. Erst als sie sicher war, dass sie ihr Vater nicht mehr sehen konnte, ergriff sie Dany's Hand.

„Ist alles in Ordnung?" Dany sah sie mitfühlend an. Er selber musste ebenfalls an seine Eltern denken und auch ihn schmerzte es, dass er ihnen nicht Auf Wiedersehen sagen konnte. Doch wenn dies der einzige Weg war, um Lian's Leben zu retten, dann war er bereit dies alles für sie zu tun und diesen Schmerz auf sich zu nehmen.

Als sie den Weiher erreicht hatten, setzten sie sich auf den trockenen Boden. Unauffällig versuchten sie sich zu versichern, dass ihnen niemand gefolgt war. Beide konnten zu ihrer Erleichterung nichts Auffälliges feststellen.

„Wer weiss, vielleicht versuchen wir ein Phantom abzuhängen, dass nur in unseren Köpfen existiert", witzelte Dany, doch Lian schüttelte energisch ihren Kopf.

„Mehrere Leute haben diesen Mann im Dorf erblickt. Niemand weiss, wer er ist. Er soll aber genau an dem Tag aufgetaucht sein, als man mich zur Braut auserwählt hat."

Dany blickte sich noch einmal um. „Sollte dieser Mann dich tatsächlich beobachten, dann werden wir ihn aber bestimmt mit unserem Plan überlisten können. Weisst du noch, was wir besprochen haben?"

Lian nickte.

„Gut, dann lass uns nicht noch mehr Zeit vergeuden." Dany lehnte sich nach vorne, so als wollte er sie küssen.

Kaum hatte er dies getan, stiess ihn Lian überrascht von sich weg und sprang auf: „Was soll das?"

„Was soll was?" Dany sah sie irritiert an. „Ich möchte dich küssen."

„Wer hat dir erlaubt, mich zu küssen?", schrie sie laut.

„Aber du hast doch selber gesagt, dass du mich magst. Und schliesslich bleiben uns nur noch wenige Tage."

„Das ist noch lange kein Freipass für dich, mich zu belästigen."

„Belästigen? Das nennst du belästigen? Pah! Ich zeige dir gerne, was es heisst, wenn eine Frau belästigt wird." Dany wollte an Lian's Brust fassen, doch sogleich erhielt er eine kräftige Ohrfeige.

„Das wirst du mir büssen." Dany griff nach Lian, doch diese schlug seine Hände weg und rannte schnell davon, direkt in den Wald. Dany nahm sogleich die Verfolgung auf, wobei er wütend rief: „Du wirst es bereuen, dass du mich geschlagen hast."

Lian hatte bereits einen guten Vorsprung herausgeholt. Sie rannte über Sträucher hinweg, um Felsen herum, einen Bach entlang, ständig verfolgt von Dany, der ihren Namen rief und sie aufforderte stehen zu bleiben. Plötzlich rannte sie zwischen zwei Felsen hindurch, doch als Dany diese passierte, konnte er Lian nirgends mehr sehen. Er rannte weiter in die eine Richtung, ohne sie zu erblicken. Schliesslich rannte er an einem Gebüsch vorüber, schlug einen Bogen und versteckte sich schnell dahinter. Das Gebüsch in Tat und Wahrheit verdeckte einen geheimen Höhleneingang, den Dany nun betrat.

Lange Zeit blieb Dany in seinem Versteck und beobachtete die Umgebung. Weit und breit gab es jedoch keine Anzeichen dafür, dass man sie beobachtet oder sogar verfolgt hätte.

„Ein Phantom", flüsterte Dany und begab sich tiefer in die Höhle hinein. Trotz allem war er weiterhin darauf bedacht keine Geräusche zu erzeugen. Wie er zu seinem Leidwesen feststellen musste, war er, seit dem letzten Mal als er hier gewesen war, um einiges gewachsen. Mehrmals schlug er sich den Kopf an und teilweise gelang es ihm nur mit grosser Mühe sich durch die schmalen Gänge zu quetschen. Seine grösste Sorge war jedoch, dass in den Jahren seit ihrem letzten Besuch ein Teil der Höhle eingestürzt sei. Dann wäre der Erfolg ihres Planes gefährdet gewesen. Doch nirgends gab es Probleme, so dass Dany gut in der Dunkelheit vorankam. Endlich wurde die Höhle wieder breiter und bald schon erblickte er ein schwaches Licht.

„Dany, bist du es?", hörte er die verängstigte Stimme von Lian.

Dany antwortete mit einem knappen „Ja". Gleich darauf stand er vor ihr. Trotz dem nur schwachen Licht, welches durch einen Riss in der Decke in die Höhle drang, konnte er ihr besorgtes Gesicht sehen.

„Bin ich froh, dass du endlich hier bist. Als Kind fand ich die Höhlen hier viel weniger gruselig", fügte sie hinzu.

Der ganze Streit und die Ohrfeige war Teil ihres Planes gewesen, um einen allfälligen Verfolger zu irritieren. Nun aber fiel ihm Lian erleichtert um den Hals.

Als sie ihn wieder losgelassen hatte, ging Dany in diejenige Ecke, wo er am Morgen seinen Beutel versteckt hatte.

„Lass uns sogleich losziehen", entschied er.

Der Ausgang der Höhle befand sich am anderen Ende des Waldes. Bevor sie diese verliessen, versicherten sie sich sorgfältig, dass niemanden sie sehen konnte. Doch weiterhin schien alles ruhig zu sein. Eigentlich nicht alles. Der Wind hatte inzwischen an Stärke zugenommen und die Äste der Bäume wiegten sich unruhig im Wind, so als fürchteten sie sich vor dem sich anbahnenden Unwetter. Es kam ihnen nun zum Vorteil, dass sie als Kinder den Wald in alle Richtungen ausgekundschaftet hatten. Schnell fanden sie den Bach, welcher ihnen vorläufig als Wegweiser dienen würde.

Die Quelle des Baches lag auf einem Berg, welcher für den ersten Tag ihr Ziel war. Auf der gegenüber liegenden Seite des Berges war ein anderer Statthalter verantwortlich. Von dort aus wollten sie weiterziehen, weit weg von ihrem Heimatdorf und dem Yangtse.

Sie kamen trotz dem Wind gut voran, und stoppten nur ab und zu, um von dem kühlen Wasser zu trinken. Am späten Nachmittag erreichten sie schliesslich den Waldrand. Gleich dahinter begann der Boden sich zu erheben und führte immer steiler den Berg hinauf. Unter dem freien

Himmel sahen sie, dass sich bereits schwarze Wolken über ihnen zusammengebraut hatten.

Weiter dem leise vor sich hinplätschernden Bach folgend, begannen sie den Aufstieg. Der Weg führte eine Wiese entlang, welche mit Gebirgssteinen und Geröll bedeckt war. Der Weg war steinig, doch die Angst davor erwischt zu werden trieb sie weiterhin an.

Erst als es zu dunkeln begann, fingen sie an, sich nach einem Unterschlupf für die Nacht umzusehen. Schnell wurden sie fündig. Um einen runden Felsen hatte sich so viel Geröll angesammelt, dass es eine vom Wind geschützte Nische bildete. Dany legte seinen Beutel auf den Boden. Lian, die erst jetzt ihre müden Beine spürte, setzte sich erschöpft auf einen der Steine.

„Ich schaue, ob ich noch etwas finde, um unseren Unterschlupf für die Nacht zu schützen."

Kaum gesagt, war Dany bereits losgezogen. In dieser kargen Gegend gab es nur noch vereinzelte Bäume und Sträucher, auf die er nun gezielt zusteuerte. Vom Boden las er die trockenen Äste auf und brachte diese zu ihrem Unterschlupf. Dort legte er diese so über den Felsen, dass ein schützendes Dach entstand. Lian hatte inzwischen einige Steine vom Boden entfernt, so dass sie einen weichen Boden als Schlafunterlage hatten. Zudem stopfte sie die einzelnen Löcher in der Wand und stabilisierte diese.

Dany trug noch mehr Äste herbei, so dass er bald ein stabiles Dach konstruiert hatte. Auch wenn es den Regen nicht abhalten würde, so wäre es doch besser, als bei einem Unwetter ungeschützt unter völlig freiem Himmel zu schlafen. Die entstandene Höhle war so klein, dass sie nicht aufrecht darinstehen konnten. So setzten sie sich schliesslich nebeneinander auf den Boden und lehnten sich an die Felswand. Es war bereits dunkel, als Dany aus seinem Beutel ein Stück Brot hervornahm, welches er halbierte und davon die grössere Hälfte Lian reichte. Diese nahm hungrig einen grossen Bissen davon. Seit dem Morgen war es für sie beide die erste Mahlzeit, welche sie zu sich nahmen.

„Ich hab bis jetzt keinen Hunger verspürt", sprach Lian mit vollem Munde.

„Mein Magen aber schon. Hast du ihn nicht ständig knurren gehört?"

„Das war dein Magen? Da bin ich aber beruhigt. Ich hatte schon Angst, dass uns ein wildes Tier verfolgt." Lian lächelte.

„Weisst du was ich schön finde?", fragte Dany nach kurzer Überlegung.

„Was?"

„Dass du wieder Witze machst."

„Das hab ich dir zu verdanken. Dank dir habe ich wieder Lebensmut geschöpft."

Schweigend assen sie ihr Brot zu Ende. Sie waren inzwischen von völliger Dunkelheit umgeben. Die Wolken gaben keine freie Sicht auf den zunehmenden Mond. Vom Wind, der immer noch wie ein schlechtes Omen über sie hinweg blies, waren sie gut geschützt, doch die nächtliche Kühle liess sie beide frösteln.

„Als mich der Flussgott als Braut auserwählt hatte, dachte ich, dass ich nie mehr Lachen, geschweige denn noch einmal Glücklich sein würde", sprach Lian ihre Gedanken aus.

„Wir sind noch nicht in Sicherheit", gab Dany zu bedenken.

„Ich weiss. Aber du hast mir wieder Hoffnung gegeben. Und dafür möchte ich dir danken."

Dany legte ihr als Antwort seinen Arm um ihre Schultern und zog sie näher an sich heran.

17

Dany wurde durch einen Schrei aus seinen traumlosen Schlaf gerissen und gleichzeitig spürte er, wie ihn jemand packte. Sogleich war ihm klar, dass man sie gefunden hatte. Als er aufblickte sah er einen Soldaten vor ihrem Unterschlupf stehen, der ihn am Arm festhielt. Dany wehrte sich, weshalb ihm der Soldat einen Schlag in die Magengegend verpasste.

„Lasst ihn in Ruhe!", hörte er Lian schreien.

Der Soldat aber, fasste Dany am Bein und zog ihn am Boden entlang aus dem Unterschlupf hervor. Hier sah sich Dany von weiteren Soldaten umgeben. Er versuchte sich erneut zu wehren, doch der Soldat verpasste ihm nochmals einen kräftigen Schlag, so dass Dany zusammensackte.

„Ich denke, dass genügt", befahl eine männliche Stimme. Von zwei Soldaten wurde Dany auf die Beine gestellt. Dabei hielten sie seine Arme so fest, dass er sich nicht wehren konnte.

Dany sah sich nach Lian um, blickte aber in die Gesichter von rund einem Dutzend Soldaten. Der Morgen hatte bereits zu dämmern begonnen, auch wenn der Himmel nun gänzlich mit schwarzen Wolken bedeckt war. Es schien nur eine Frage der Zeit, bis der Regen einsetzen würde. Das Wetter aber war Dany in diesem Augenblick völlig egal. Endlich entdeckte er Lian, welche ebenfalls von zwei Soldaten festgehalten wurde.

„Ich hätte nicht gedacht, dass wir uns so schnell wiedersehen?" Der Mann, welcher gesprochen hatte, trat nun aus dem Hintergrund nach vorne. Das Gesicht kam ihm bekannt vor, doch Dany brauchte einen Augenblick um sich daran zu erinnern, wo er es bereits einmal gesehen hatte. Da endlich viel es ihm ein. Es war kein geringerer als Kommandant Liu, der vor ihm stand und ihn nun kopfschüttelnd ansah.

„Ich hatte gehofft, dass du Klüger geworden bist, doch wie ich sehen muss, scheinst du dich immer noch gegen die Entscheide der Obrigkeiten aufzulehnen."

„Entscheide nennt ihr das? Ihr wollt jemand unschuldiges Töten lassen. Ich nenne das einen Mord."

Dany versuchte seine Arme frei zu bekommen, doch die Soldaten drückten ihn sogleich gegen die Felswand, so dass er sich nicht mehr rühren konnte. Danys Blick ruhte auf Lian, welche zitternd zwischen den beiden Soldaten stand.

Er überlegte sich, was er tun könnte. Dabei erinnerte er sich an den grossen Weisen, welcher durch sein respektvolles Auftreten stets andere zu überzeugen vermochte. So versuchte es auch Dany auf diplomatischen Weg: „Ich will mich nicht gegen jemanden auflehnen. Ich durfte Simen Bao als einen gewissenhaften Statthalter kennen lernen. Ich kann mir nicht vorstellen, dass es in seinen Sinn ist, dass jemand unschuldiges sterben muss."

Seine Worte riefen beim Kommandanten Liu nur ein mitleidiges Lächeln hervor: „Es steht dir nicht, wenn du so aufgeblasen sprichst. Ihr zwei habt eine grosse Dummheit begangen. Habt ihr denn wirklich gedacht, dass ihr einfach wegrennen könnt?" Verständnislos schüttelte er seinen Kopf.

An Lian gerichtet fuhr er fort: „Hast du tatsächlich geglaubt, man würde dich unbeobachtet lassen? Euer Versteckspiel im Wald mag einen Laien, nicht aber einen erfahrenen Soldaten in die Irre führen. Du hättest deine verbleibenden Tage mit deinen Eltern verbringen können, doch nun wirst du bis zur Hochzeit in eine Zelle eingesperrt." Kurz nickte er seinen Soldaten zu, worauf Lian sogleich weggeführt wurde. Dany musste tatenlos dabei zu sehen. Kommandant Liu, welcher bei ihm geblieben war, ging nun nachdenklich auf und ab.

„Weisst du, was mein Problem ist? Eigentlich find ich dich einen netten Burschen. Endlich einmal ein Mann der den Mut hat für etwas zu kämpfen. Jemanden wie dich könnte ich gut in meinen Reihen gebrauchen. Auch wenn du das Kämpfen noch lernen müsstest, so besitzt du doch Tapferkeit. Doch leider", fügte er seufzend hinzu und blieb nun direkt vor Dany stehen, „hast du den Falschen den Kampf angesagt."

Sein Blick ruhte auf Dany. Eine Weile dachte er nach, bevor er weitersprach: „Da ich dich inzwischen gut genug kenne, um zu wissen, dass du nicht so einfach aufgeben wirst, werden dir meine Soldaten noch eine Weile Gesellschaft leisten. Sofern du dich an ihre Weisungen hältst, wird man dich auch in Ruhe lassen. Ich hoffe, du bist genügend klug und wirst nicht noch einmal versuchen, das Mädchen zu befreien. Ein weiteres Mal wirst du nicht so glimpflich davonkommen."

Kommandant Liu rief drei Soldaten zu sich und befahl ihnen, Dany zu bewachen. „Sobald der Tag angebrochen ist, könnt ihr ihn zurücklassen und uns nachkommen", fügte er noch hinzu. Die angesprochenen nickten. Zwei von ihnen lösten sogleich die Soldaten ab, welche Dany bis dahin festhielten.

Ohne sich noch einmal nach Dany umzudrehen, verliess Kommandant Liu mit den restlichen Soldaten den Ort.

Kaum waren sie ausser Sichtweite, liessen ihn die beiden Soldaten los.

„Setzt dich!", befahl ihm einer der Soldaten. Dany zögerte kurz. Sogleich trat ein Soldat drohend auf ihn zu.

„Ich habe gesagt, du sollst dich setzen", wiederholte der Soldat seinen Befehl. Diesmal reagierte Dany und kauerte sich auf dem Boden zusammen.

„Ich gebe dir jetzt einen guten Rat", sprach ein anderer Soldat zu ihm, „du hast gehört, dass wir dich in Frieden lassen, sofern du auf uns hörst. Fordere uns deshalb nicht heraus. Hast du mich verstanden?"

Dany nickte. Er war dankbar dafür, dass die Soldaten ihn tatsächlich in Ruhe liessen. Dies war sicher ein Verdienst von Kommandant Liu, auf dessen Worte seine Soldaten hörten. So sass er da, ihm gegenüber Soldaten von denen ihn keiner aus den Augen liess. Anscheinend rechneten sie ständig damit, dass er es sich plötzlich anders überlegen könnte. Doch Dany dachte nicht daran. Er hatte die letzten Tage so viele Schläge und Ohrfeigen einstecken müssen, wie sein ganzes bisheriges Leben noch nicht. Nun wartete er einfach darauf, dass die Soldaten ihn endlich alleine liessen.

Nach einer gefühlten Ewigkeit meinte einer der Soldaten, dass es nun Zeit wäre zu gehen. Doch bevor sie ihn verliessen wandte sich der Soldat nochmals an Dany: „Du hast Kommandant Liu's Worte gehört. Versuche nicht noch einmal eine Dummheit zu begehen. Zudem solltest du inzwischen erkannt haben, dass die Braut des Flussgottes einem nur Unglück bringt. Lass also lieber die Finger von ihr."

Der Soldat gab den anderen beiden ein Zeichen, worauf die Drei sogleich loszogen. Dany blieb am Boden sitzen. Er fühlte sich im Augenblick nicht im Stande aufzustehen. Währenddessen begann es zuerst nur leicht, doch dann immer stärker zu regnen und schon bald waren seine Kleider völlig durchnässt. Irgendwann weichte sich der Boden unter seinen Füssen auf und wurde schlammig. Dany raffte sich schliesslich doch auf und kroch in den Unterschlupf zurück, wo er sich an der Wand anlehnen konnte. Sein Blick starrte ins Leere und seine Gefühle waren taub, so dass er nicht wahrnahm wie sein ganzer Körper vor Kälte zitterte. Der Regen hörte irgendwann wieder auf, doch Dany blieb weiterhin sitzen.

Er brauchte seine Zeit bis er endlich wieder einen klaren Gedanken fassen konnte. Anfänglich überlegte er sich, ob er einfach den eingeschlagenen Weg fortsetzen und über den Berg gehen sollte. Schliesslich gab es nichts mehr, was ihn noch zurückhielt. Nichts mehr, ausser Lian. Der Gedanke daran, dass sie die letzten Tage ihres Lebens alleine in einer dunklen Zelle verbringen musste, zerriss ihm das Herz. Wie gerne wäre er noch einmal an ihrer Seite gewesen, nur um sie wissen zu lassen, dass er sie nicht im Stich liess. Und irgendwann fand er, dass er genau dies Lian schuldete, dass er jetzt nicht einfach abhaute und sie ihrem Schicksal überliess.

Er fasste sich ein Ziel. Es war nur eine kleine Hoffnung, dass er sie nochmals sehen konnte, doch er hatte nichts mehr zu verlieren. Zudem würde er nicht einmal Kommandant Liu enttäuschen, da er sie ja nicht befreien wollte. So dachte er und erhob sich schliesslich. Er griff nach dem Beutel, der mitsamt dem Inhalt völlig durchnässt neben ihm auf dem Boden gelegen hatte. Und so zog er los, schwerfällig aber doch mit einem neuen, klaren Vorhaben.

Beim Bach, der durch den erneut begonnenen Regen stark angestiegen war stoppte er, um seinen Durst zu löschen. Dann ging er weiter, stolperte den Hang hinunter, durchquerte den Wald und ging an Lians Elternhaus vorbei, ohne es wirklich wahrzunehmen. Er fühlte sich so als würde er mit Lian sterben und als wären auch seine Stunden gezählt. In ihm brannte nur noch ein einziger Wunsch: Lian noch einmal zu sehen.

Der Tag war noch nicht zu Ende, als er wieder die Stadt erreichte, der er bereits auf nimmer Wiedersehen gesagt hatte. Auch hier regnete es ununterbrochen, so dass sich eine braune Schlammmasse gebildet hatte, welche sich durch die Strassen schlängelte. Er überlegte sich, ob der Flussgott den Regen gesandt hatte aus Rache für die erfolglose Flucht seiner Braut.

Etwas verloren irrte Dany durch die leeren Strassen der Stadt, unschlüssig, wohin er sich wenden sollte. Er war auf der Suche nach Jimmy, konnte diesen jedoch nirgends sehen und er wusste auch nicht, wo er ihn hätte suchen sollen. Auch wenn er ahnte, dass er Jimmy beim Statthalter antreffen konnte, machte er einen grossen Bogen um dessen Amtssitz. Er verspürte keine Lust seinem Peiniger unter die Augen zu treten.

Schliesslich aber, als er unterwegs einen einzelnen Soldaten antraf, nahm er seinen ganzen Mut zusammen und ging auf ihn zu. Der Soldat zeigte sich nicht sehr gesprächsfreudig, doch mit etwas Geld und schmeichelnden Worten bekam er die gewünschte Information, wo er Jimmy finden konnte.

Das Gasthaus, welches ihm genannt worden war, lag am Rande der Stadt. Es war eine elegante Gaststätte, weshalb man Dany abschätzend begutachtete und ihn nur widerwillig in seiner dreckigen und durchnässten Aufmachung hinein liess. Doch Dany behauptete, dass er sich mit Jimmy Li verabredet hatte, und das nennen dessen Namens öffnete ihm sogleich die Türe. Und so bestellte Dany einen Schnaps, der ihm aber erst gebracht wurde, nachdem er dem Wirt eine Vorauszahlung geleistet hatte. Dany wollte sich mit dem Schnaps die Zeit ein wenig überbrücken, doch nach dem ersten gönnte er sich einen zweiten und einen dritten. Draussen war es ohne sein bemerken dunkel geworden.

„Seit ich dich kennengelernt habe, siehst du bei jedem Wiedersehen schlimmer aus als beim Vordermal."

Dany bemerkte erst jetzt, dass Jimmy eingetroffen war. Der Wirt hatte ihn darauf aufmerksam gemacht, dass ihn jemand erwartete. Natürlich war er sehr überrascht, als ihm der Gast gezeigt wurde.

„Vielleicht sollte ich aufhören dich zu sehen", lallte Dany und lächelte gequält.

„Du hast mich erwartet?", fragte Jimmy und setzte sich ebenfalls ihn.

„Du musst mir helfen."

„Lass mich raten: Es geht um die Braut des Flussgottes?"

„Lian. Sie heisst Lian", lallte Dany.

„Wie mir zu Ohren kam, hat man sie in eine Zelle gesteckt, nachdem sie versucht hatte, mit einem jungen Mann zu fliehen. Ich kann mir gut vorstellen, dass du dieser junge Mann gewesen bist. Habe ich Recht?" Dany nickte und starrte in sein leeres Glas, welches er mit seiner Hand fest umklammert hielt.

„Weisst du, wo sie jetzt ist?"

„Wenn du denkst, dass ich dir dabei helfe, sie aus dem Gefängnis zu befreien, dann muss ich dich leider enttäuschen. Da hast du dich eindeutig an den falschen Mann gewandt."

„Das ist es nicht." Dany blickte auf. „Es ist alles meine Schuld. Wegen mir sitzt sie nun im Gefängnis."

„Lieber eine späte Erkenntnis, als überhaupt keine."

Jimmy rief den Wirt und bestellte für sich und Dany einen Schnaps.

„Und nun heraus mit der Sprache, was hast du vor?"

„Ich will sie nur noch ein einziges Mal sehen", flüsterte Dany, und dabei traten ihm Tränen in die Augen. „Sie haben sie mir weggenommen, ohne dass ich mich von ihr verabschieden konnte."

Jimmy sah ihn misstrauisch an. „Wieso sollte ich dir glauben, dass du nicht doch etwas Anderes planst?"

„Ich habe dich noch nie belogen. Wir sind Freunde und ich habe nicht vergessen, wie du mir geholfen hast, als ich zum Statthalter gebracht wurde. Ich bitte dich einzig darum, dass ich Lian noch ein letztes Mal sehen darf." Als er Jimmy's zögern bemerkte, fügte er hinzu: „Ich gebe dir auch all mein Geld." Umständlich griff er in seine Tasche und zog das Geld hervor, was ihm noch geblieben war.

Jimmy dachte einen Augenblick nach, während er auf das Geld in Dany's Hand blickte. Schliesslich zuckte er mit seinen Schultern: „Ich werde schauen, was ich für dich tun kann. Aber dein Geld kannst du wieder wegstecken. Wenn ich es tue, dann für einen Freund und nicht des Geldes wegen."

„Danke."

Jimmy hob abwehrend seine Hand: „Du brauchst dich erst zu bedanken, wenn es geklappt hat."

Inzwischen brachte der Wirt zwei Gläser Schnaps an ihren Tisch. Beide prosteten sich zu und leerten den Schnaps in einem Zug hinunter.

„Wo bleibst du heute Nacht?" Jimmy's Blick wanderte dabei über die schmutzigen Kleider, welche Dany auf seinem Körper trug.

„Wieso fragst du?"

„Mir kam zu Ohren, dass du deine Arbeit und damit auch dein Dach über dem Kopf verloren hast."

Dany schwieg. Der Alkohol verhinderte, dass ihm eine saloppe Antwort einfiel.

Jimmy winkte erneut den Wirt herbei: „Habt ihr für heute Nacht noch ein Zimmer frei?"

Der Mann nickte.

„Gut. Mein Kumpel benötigt nämlich ein Bett für diese Nacht." Dany bemerkte den sich sogleich wechselnden Blick des Wirtes. Dieser hatte bereits geglaubt, Jimmy als Gast willkommen zu heissen. Dass jedoch dessen verwahrloster Freund bei ihm Nächtigen sollte, erfreute ihn nicht besonders. Trotzdem wagte er Jimmy nicht zu widersprechen. Der Wirt brachte gleich darauf einen Schlüssel, welchen er Jimmy in die Hand drückte. „Das Zimmer befindet sich im ersten Stockwerk", erklärte er knapp.

Dany hatte alles schweigend beobachtet. Als ihm Jimmy nun den Schlüssel reichen wollte, lehnte er jedoch abwehrend ab: „Das kann ich nicht annehmen."

Jimmy aber gab nicht so einfach auf: „Wenn du Lian einen gefallen machen willst, dann tauchst du ausgeruht, gewaschen und in sauberer Kleidung bei ihr auf."

„Ich weiss, ich weiss."

„Gut, dann lass uns gehen." Jimmy legte das Geld für den Schnaps auf den Tisch und erhob sich.

„Du hast mir den Finderlohn für deinen Geldbeutel bereits um ein zehnfaches zurückbezahlt."

„Keine Sorge. Ich werde das Geld später wieder bei dir einfordern", scherzte Jimmy, bevor er wieder ernst wurde. „Du solltest nun wirklich schlafen gehen. Es scheint für dich ein langer Tag gewesen zu sein."

Endlich erhob sich auch Dany. Erst jetzt bemerkte er, wie müde er tatsächlich war. Er griff nach dem Schlüssel und hob zum Abschied seine Hand.

„Und vergiss nicht dich zu waschen", rief ihm Jimmy noch hinterher.

18

Am nächsten Tag schlief Dany bis lange in den Tag hinein. Als er endlich aufwachte, brummte ihm der Kopf von dem für ihn ungewohnt vielen Alkohol, den er am Vorabend getrunken hatte. Trotzdem blieb er nicht lange liegen. Zuerst wusch er sich gründlich, bevor er auch seine Kleider zu reinigen begann. Dies stellte sich jedoch als ein schwierigeres Unterfangen dar. Kaum aber, dass er die Kleider endlich im Zimmer zum Trocknen aufgehängt hatte, klopfte es an der Türe.

„Jimmy!" Dany war sichtlich erfreut seinen Freund zu sehen.

„Wie ich sehe, hast du dir meinen Rat zu Herzen genommen." Jimmy blickte zufrieden auf die zum Trocknen aufgehängten Kleider.

„Hast du Neuigkeiten?", konnte Dany seine Ungeduld nicht zurückhalten.

„Das habe ich." Jimmy trat nun ins Zimmer und schloss die Türe hinter sich zu. „Ich weiss wo man sie hingebracht hat."

„Kann ich sie sehen?"

„Nein und Ja." Jimmy streckte ihm ein Bündel entgegen. „Hier, zieh das an."

„Wie meinst du das. Und was ist da drin?" Dany sah auf das Bündel.

„Das ist eine Soldatenuniform, welche ich dir mitgebracht habe. Du darfst Lian nicht sehen, jedoch werde ich versuchen dich zu ihr zu bringen. Und dies geht eindeutig einfacher, wenn du wie ein Soldat aussiehst."

Dany nickte und griff endlich danach. Die Uniform kam ihm gerade gelegen, denn seine Ersatzkleider, welche er im Beutel dabeihatte, waren ebenfalls noch nicht trocken. Während er sich die graue Soldatenuniform anzog, setzte sich Jimmy schweigend auf einen Stuhl.

„Wieso tust du das alles für mich?"

Jimmy blickte hoch. „Weil du ein ehrlicher Kerl bist."

„Das glaube ich dir nicht." Dany schüttelte entschieden seinen Kopf. „Da draussen gibt es genügend ehrliche Menschen, welche dir weniger Umstände bereiten würden, als ich es in dieser kurzen Zeit getan habe."

„Das mag sein." Jimmy zögerte einen Augenblick. Er betrachtete Dany, der soeben die Knöpfe von seinem weissen Hemd schloss. „Du erinnerst mich an jemanden."

Dany verstand plötzlich: „Ich erinnere dich an dich selbst, nicht wahr?"

„Ja. Es gab in meinem Leben ebenfalls eine Zeit wo mir das Glück nicht hold war. Damals traf ich einen Menschen, welcher an mich glaubte und mir Arbeit gab. Ich weiss nicht, ob ich ohne ihn weiterhin auf den Pfaden der Tugend gewandert wäre. Du kennst diesen Menschen übrigens auch."

Dany hatte inzwischen die Uniform angezogen und sah Jimmy in die Augen. „Du meinst doch nicht etwa Simen Bao?"

„Den meine ich." Jimmy erhob sich und trat zu Dany hin. „Darf ich dir eine Frage stellen?"

„Natürlich."

„Betrachtest du dich als einen guten Menschen?"

„Einen guten Menschen?", wiederholte Dany überrascht die Frage. „Ich denke schon. Zumindest versuche ich ein guter Mensch zu sein", antwortete Dany überrascht über diese Frage.

„Warum gibt es dann so viele Menschen, die dich hassen, dir aus dem Weg gehen und dich im Stich lassen?"

Dany musste an Weiwu, an seine Kollegen und auch an seine Eltern denken. „Weil sie mir nicht zuhören. Weil sie mich verurteilen, ohne dass ich ihnen alles erklären kann."

„Siehst du. So wie das Urteil anderer über dich ungerechtfertigt sein mag, so kann es doch auch sein, dass du andere zu Unrecht verurteilst?"

Dany verstand zwar von wem Jimmy sprach. Doch er war sich sicher, dass er genug von Simen Bao gesehen hatte, und seine Menschenkenntnisse ausreichten, um ihn als den zu sehen, der er wirklich war. Um seinen Freund aber nicht zu nahe zu treten schwieg er.

Kurz rückte Jimmy ihm die Uniform zurecht, dann nickte er zufrieden. „Jetzt siehst du aus wie ein richtiger Soldat. Komm, lass uns gleich losgehen."

Dany folgte ihm zur Treppe, wo sie dem Wirt begegneten. Dieser nickte Jimmy zu, blickte dann aber verwundert auf Dany. In der Uniform erkannte er seinen Gast überhaupt nicht mehr.

Draussen zeigte sich das Wetter von seiner versöhnlichen Seite, denn obwohl noch einige Wolken am Himmel standen, war doch ab und zu die Sonne zu sehen und die Strassen waren beinahe wieder trocken.

Jimmy ging gezielt durch die Gassen und führte Dany bis zu einem hohen Gebäude in der Nähe der Stadtmauer. Von draussen waren nur die dicken Mauern zu sehen, welche durch ein wuchtiges, hölzernes Tor unterbrochen wurden. Zwei Soldaten standen davor, welche Jimmy sogleich respektvoll begrüssten. Nach einem kurzen Wortwechsel liess man sie beide passieren.

Hinter dem Tor befand sich ein grosser Platz und ein einstöckiger Turm. Beim Eingang zum Turm standen erneut Soldaten, welche Dany misstrauisch beäugten. Doch auch hier genügte es, dass Jimmy mit den Soldaten einige Worte wechselte. Einer der Soldaten öffnete das Tor und ging ihnen voraus in das Innere. Danys Augen mussten sich zuerst an die Dunkelheit gewöhnen. Der Soldat aber ging zielstrebig einen Korridor entlang und stieg eine schmale Treppe hinab. Unten befanden sich auf jeder Seite je drei Türen aus massivem Holz. Nur ein Gitter auf Kopfhöhe ermöglichte einen Blick in die Zelle.

Der Soldat stoppte vor der hintersten Zelle und zog einen Schlüssel aus seiner Tasche hervor. Kurz warf er einen Blick durch das Gitter, bevor er die Türe öffnete. Mit einem Nicken gab er Dany zu verstehen, dass er eintreten dürfe. Zögerlich trat dieser näher. Schliesslich stand er direkt vor der Türe und blickte in die dunkle Zelle hinein. Auf dem kalten Steinboden, welcher nur mit etwas Stroh bedeckt war, sass Lian.

Sie hatte sich an die Wand gelehnt, ihre Arme hielten ihre Beine umschlossen und ihr Kopf hing mutlos nach unten. Dany musste leer schlucken und er ermahnte sich, dass er sich vorgenommen hatte für Lian stark zu sein. Nochmals warf er einen Blick auf den Soldaten an der Türe, bevor er die Zelle betrat.

„Lian?"

Die Angesprochene hob langsam ihren Kopf. Sie brauchte einen Moment, bevor sie ihn in der Uniform erkannte.

„Dany? Was machst du hier?" Ungläubig sah sie ihn an. „Und warum trägst du diese Uniform?"

„Ich musste dich noch einmal sehen."

„Du bist es tatsächlich." Lian erhob sich vom Boden. Ihre Glieder waren steif von der Kälte und vom langen Sitzen, so dass es sehr ungelenkig aussah. Dany kam ihr deshalb geschwind zu Hilfe. Kaum war er bei ihr, fiel sie ihm erleichtert um den Hals. Dies zum Unmut des Soldaten, welcher sich an der Türe mit einem Räuspern bemerkbar machte. Verlegen, so als seien sie bei etwas Verbotenem ertappt worden, lösten sie sogleich ihre Umarmung wieder.

„Es tut mir leid", sagte Dany schliesslich, nachdem sie sich eine Zeitlang schweigend angeschaut hatten.

„Es braucht dir nicht leid zu tun."

„Doch." Dany hob seine Arme in die Höhe. „Wegen mir sitzt du nun in dieser dunklen Zelle. Hätte ich dir bloss nicht eingeredet, dass wir von hier abhauen könnten. Dann wärst du nie auf diese Idee gekommen."

„Denkst du das wirklich?", fragte Lian ungläubig. „Meinst du etwa, ich habe mir nicht auch vorher überlegt wegzurennen?"

Dany sah Lian eine Weile an. Seine Augen brannten, als er seine Aussage noch einmal wiederholte: „Ich hätte dir nicht einreden sollen, von hier abzuhauen. Du könntest immer noch frei sein."

„Was für eine Freiheit wäre dies? Dany, ich werde bald sterben. Mit dir abzuhauen war das aufregendste und Schönste, was ich in meinem Leben gemacht habe. In dieser kurzen Zeit mit dir zusammen war ich so glücklich wie noch nie zuvor. Um kein Geld der Welt hätte ich dies verpassen wollen." Lian lachte und sie lachte auch noch als sich ihre

Augen mit Tränen füllten und sie hinzufügte: „Dieses kleine Abenteuer wird mir Kraft geben, wenn sie mich am Floss festbinden und dieses auf den Fluss hinausschieben."

Zärtlich griff sie nach seiner Hand: „Bitte versprich mir, dass du nicht traurig sein wirst. Ich möchte, dass du glücklich bist."

„Wie grausam du bist. Wie kannst du nur so etwas von mir verlangen?"

Lian sagte nichts dazu. Sie griff jedoch an ihr rechtes Handgelenk und gleich darauf hielt sie das Freundschaftsband zwischen ihren Fingern. Eine Weile betrachtete sie es und fuhr dabei ganz sachte und liebevoll mit der anderen Hand darüber. Doch dann streckte sie es Dany entschlossen entgegen.

„Es ist besser, wenn du es einem anderen Mädchen gibst. Du hast mir deine Freundschaft mehr als genug bewiesen."

Dany wies das Armband entschieden zurück. „Das Armband habe ich für die Frau gemacht, welche ich Liebe. Und das bist du. Niemals werde ich wieder jemanden so lieben können wie dich. Du warst und wirst die einzige in meinem Leben sein." Dany versuchte es ihr wieder um das Handgelenk zu binden, doch sie zog ihren Arm zurück, so dass das Freundschaftsband auf den schmutzigen Boden fiel. Dany beugte sich sogleich nach unten und hob es auf. Sein Blick wechselte eine Weile zwischen dem Armband und Lian und schliesslich steckte er es sich schweren Herzens in seine Tasche.

„Ich möchte, dass du das Armband deiner zukünftigen Frau gibst. Es ist wunderschön und hat mir in dieser kurzen Zeit, wo ich es getragen habe, viel Freude bereitet."

Erneut trat Schweigen ein. Für beide war es schwierig, die passenden Worte zu finden. Durch ein Räuspern gab der Soldat an der Türe zu verstehen, dass es Zeit war voneinander Abschied zu nehmen.

„Wirst du da sein?" Lians Stimme klang wieder ängstlich. „Bitte lass mich an dem Tag nicht alleine."

„Wenn es dein Wunsch ist, werde ich kommen."

Das wiederholte Räuspern des Soldaten ignorierend umarmten sie sich ein letztes Mal.

Lian war es schliesslich, welche Dany sachte von sich stiess: „Du musst nun gehen", meinte sie knapp und setzte sich wieder auf den kalten Boden. Ihren Blick senkte sie wieder nach unten, so dass sie dieselbe Haltung innehatte, wie zuvor. Niedergeschlagen verliess Dany die Zelle. Er hörte nicht, wie der Soldat hinter ihm die Türe abschloss und spürte auch nicht, wie Jimmy ihm seine Hand tröstend auf die Schulter legte. Schweigend folgte Dany dem Soldaten die Treppe hinauf und trat dann hinaus. Das Tageslicht blendete ihn und die Sonne, welche ihn draussen erwartete, erschien unpassend und kitschig für einen solchen Moment des Abschiedes.

Dany liess sich von Jimmy wegführen, wobei er kaum wahrnahm, wohin sie gingen. Irgendwann war er wieder alleine in seinem Zimmer, ohne dass er sich daran erinnern konnte, wie er zum Gasthaus gelangt war. Das einzige was er wusste war, dass für ihn das Leben ohne Lian keinen Sinn mehr machte.

19

Die wenigen Tage bis zur Hochzeitszeremonie vergingen viel zu schnell. Jimmy hatte dafür gesorgt, dass Dany weiterhin das Zimmer im Gasthaus behalten konnte. Jeden Tag kam er vorbei, um nach seinem Freund zu sehen. In diesen letzten Tagen schien der Himmel mit Dany zu leiden, denn es regnete beinahe ununterbrochen. Dany verkroch sich die ganze Zeit in seinem Zimmer, bis er es doch nicht mehr aushielt. Mitte der Woche begab er sich, trotz dem strömenden Regen, zum Fluss hinab. Er wollte sehen, wo die Hochzeitszeremonie stattfinden würde. Jimmy hatte ihm den Ort vorgängig einmal beschrieben, so dass er sie leicht fand. Der Yangtse zog an der Stelle eine beinahe gerade Linie durch die Landschaft und erst am Fusse eines Felsens senkte sich das Flussbett. Hier, wo das Wasser an grossen Felsbrocken vorbei strömte, bäumte sich das Wasser wild auf und schien alles zu verschlingen, was in seine Nähe kam. Wie er gehört hatte, zerbrach das Floss meistens an dem besagten Ort, worauf die Braut unter Wasser gezogen und nie mehr gesehen wurde. In den Augen des Volkes, war es der Flussgott, welcher hier die Braut zu sich holte.

Als Dany im strömenden Regen am Flussufer stand, versuchte er erfolglos diesen schrecklichen Gedanken von sich fort zu schieben. Irgendwann kletterte er den Felsen hinauf und sah von dort auf den Fluss hinab. Es war der Moment, als er erneut einen Einfall hatte. Zuerst war es nur ein Gedanke, der aber immer konkreter wurde. Schliesslich, als Dany sich wieder zurück zum Gasthaus begab, war sein Plan bereits bis ins Detail ausgereift. Unterwegs besorgte er sich deshalb ein Messer, das einzige, was er für das Ausführen seines Planes benötigte. Und als er zurück in sein Zimmer trat, fühlte er sich zum ersten Mal seit ihrer misslungenen Flucht wieder etwas besser. Zu wissen, dass er an dem besagten Tag nicht einfach tatenlos zuschauen würde, vermochte seinen Schmerz zu lindern.

Jimmy entging es nicht, dass Dany das erste Mal wieder etwas Essbares zu sich nahm, als er ihn am Abend besuchte. Auf seine Fragen hingegen wich ihm Dany aus, was dessen Misstrauen erst richtig erweckte.

20

Am Tag der Hochzeit schien es, als würde sich der Flussgott über das Kommen seiner Braut zu freuen. Die Sonne zeigte sich bereits am frühen Morgen und ausser einigen weissen Wolken erstrahlte der Himmel in einem hellen Blau. Am Boden zeugten Wasserpfützen vom Regen der vergangenen Tage.

Dany war nach einer schlaflosen Nacht früh aufgestanden. Er nahm all sein Geld aus der Tasche hervor und legte es neben seinen Beutel auf die Bettdecke. Er gedachte nicht mehr zu dem Gasthaus zurückzukehren, wollte aber keine Schulden zurücklassen.

Zielstrebig begab er sich zum Fluss hinunter. Die Zeremonie sollte erst um den Mittag herum vollzogen werden, doch Dany wollte sichergehen, dass er da war, wenn man Lian zum Ufer brachte. Er setzte sich auf den Felsen, welcher ihm eine freie Sicht auf den Yangtse bot. Der Fluss hatte sich in den letzten Tagen in eine dunkle und reissende Bestie verwandelt. Dany richtete seine Aufmerksamkeit auf das, was um ihn herum geschah, um sich von seinen düsteren Gedanken abzulenken.

Zu den ersten, welche am Flussufer erschienen, gehörte der Rat der Weisen. Dany erkannte sie alle wieder von ihrer Begegnung bei Simen Bao. Der grosse Weise und die Hexe trugen beide ein rotes Gewand und darüber einen violetten Umhang, welcher auf dem Rücken aufwendige Stickereien aufwies. Die anderen drei vom Rat der Weisen, welche vom Rang her sichtbar tiefer gestellt waren, trugen lediglich ein rotes Gewand, ohne weitere Zierde. Mit der Hilfe von einigen Bediensteten hatten sie ein Floss auf einem Karren herangeschafft. Das Floss sah sehr zerbrechlich aus, so dass Dany zweifelte, dass es überhaupt bis zu der Flussschwelle gelangen würde, bei der er sass.

Bald trafen auch die ersten Schaulustigen ein. Alle Altersschichten waren dabei vertreten, ob Junge oder Alte. Alle wollten sie dem makabren Spektakel beiwohnen. Wobei dies auch vom Rat der Weisen so verlangt wurde, zur Würdigung des Flussgottes, wie sie behaupteten. Dany entdeckte unter den neu eingetroffenen Zuschauern auch bekannte Gesichter. So sah er Shunli und Linghai. Auch Weiwu war mit Raina gekommen. Lians Freundin sah ziemlich niedergeschlagen aus, doch Weiwu hatte ihr tröstend seine Hand um die Schultern gelegt.

Auf einmal übertönten feierliche Musikklänge das Rauschen des Flusses. Eine Parade bahnte sich ihren Weg durch die Zuschauer. Zuvorderst gingen einige Musikanten, welche mit Trommeln, Tschinelle und Blashörner das Kommen der Braut ankündigten. Nach ihnen folgten Simen Bao, Kommandant Liu, Jimmy Li und einige Soldaten.

Dany hielt seinen Atem an, als er dahinter die Braut entdeckte. Lian war, wie es die Tradition verlangte, in ein langes rotes Gewand gehüllt und ihr Gesicht war durch einen roten Schleier bedeckt. Begleitet wurde sie durch ihre Eltern, welche Lian den unebenen Weg hinab zum Fluss führten. Alle drei wirkten schwach und zerbrechlich und manchmal war es nicht klar ersichtlich, wer hier wem Stütze bot. Den Abschluss dieser Parade bildeten nochmals einige Fusssoldaten von Simen Bao.

Als die Gesellschaft das Flussufer erreicht hatte, verstummten die Leute, so dass das Schluchzen der Braut zu hören war. Lian zitterte am ganzen Körper und wäre sie nicht immer noch von ihren Eltern gestützt worden, hätten ihre Knie bestimmt längstens nachgegeben.

Dany hielt es nicht mehr auf seinem Platz aus, weshalb er sich auf dem Felsen erhob. Er war zornig darüber, dass alle tatenlos dabei zusahen, wie man ein junges Mädchen dem Tod übergab. Er griff in seine Tasche, wo er die Klinge des Messers spürte. Bald würde es soweit sein. Unruhig trat er von einem Bein auf das andere, während er das weitere Geschehen beobachtete. Er war so in seine Gedanken versunken, dass er nicht bemerkte, wie jemand von hinten an ihn herantrat. Erst als er eine Hand auf seiner Schulter spürte, drehte er sich erschrocken um. Jimmy war zu ihm auf den Felsen geklettert und sah ihn mahnend an. „Mach nur nichts Unüberlegtess", warnte er ihn. „Es liegt nicht mehr an dir."

Dany hielt noch immer das Messer in seiner Hand. Jetzt, wo Jimmy vor ihm stand kam ihm ein neuer Gedanke, den er jedoch schnell von sich stiess. Noch bevor er etwas erwidern konnte, kehrte Jimmy ihm den Rücken zu und ging wieder zurück zu den anderen Soldaten. Dany sah ihm grübelnd nach. War er ein Freund oder ein Feind? Würde ihm ein Freund nicht dabei helfen Lian zu befreien?

„Meine verehrten Leute", vernahm er eine Stimme, welche ihn aus seinen Gedanken holte. Dany blickte auf den grossen Weisen, der sich direkt neben dem zerbrechlichen Floss aufgestellt hatte und mit erhobenen Armen zu der Menge sprach.

„Die letzten Tage haben uns wieder einmal die Macht des Flussgottes vor Augen geführt. Er lässt es regnen und den Fluss ansteigen, und bedroht dadurch unsere Ernten und unsere Dörfer. Seit vielen Jahren verlangt er von uns ein grausames Opfer, damit wir vor seinem Zorn verschont bleiben. Wir sind seiner Macht hilflos ausgesetzt. Die einzige Möglichkeit ihn zu besänftigen ist das Opfern einer Jungfrau, welche er sich jedes Jahr von neuem aussucht. In diesem Jahr hat der Flussgott Lian Feng als seine Braut auserwählt."

Ein Schrei unterbrach die Rede des grossen Weisen. Lian war weinend zusammengebrochen. Sogleich traten zwei Soldaten von Simen Bao zu ihr heran und halfen ihr wieder auf die Beine. Kraftlos hing sie nun in deren Armen.

Dany zersprang innerlich vor Schmerz. Wie gerne wäre er ihr zur Seite geeilt. Das Abwarten fiel ihm schwer, doch der Zeitpunkt für das Umsetzen seines Planes war noch nicht gekommen. Genügend früh sollte Lian erfahren, dass er sie nicht im Stich liess.

Die Stimme des grossen Weisen, welcher seine Rede fortsetzte als wäre nichts geschehen, drang inzwischen nur noch gedämpft an sein Ohr.

„Es ist uns eine Ehre, dass in diesem Jahr auch unser hochgeschätzter und verehrter neuer Statthalter Simen Bao uns mit seiner Anwesenheit beehrt. Doch nun wollen wir den Flussgott nicht mehr länger warten lassen." Der grosse Weise drehte sich zu Lian um: „Bringt die Braut her."

Durch die beiden Soldaten wurde Lian zum Floss geführt. Ihr Schluchzen war verstummt. Dafür war das Weinen ihrer Eltern zu hören. Hilflos mussten sie mitansehen, wie ihre Tochter auf das Floss gebracht und ihre Hände daran festgebunden wurden. Der grosse Weise liess es sich nicht nehmen die Fesseln selbst auf ihre Festigkeit zu überprüfen. Zufrieden trat er wieder vor die schweigende Menschenmenge.

„Lasst nun", befahl er, „die Braut mit dem Flussgott vereinen."

Bereits wollten sich die Bediensteten zum Floss begeben, um dieses ins Wasser zu schieben, als eine tiefe, männliche Stimme zu hören war: „Wartet!"

Alle sahen sich überrascht um, verwundert darüber, wer es wagte die Zeremonie zu stören. Auch Dany sah sich irritiert nach dem Sprecher um. Zu aller erstaunen trat nun Simen Bao selbst nach vorne, begleitet von Kommandant Liu. Als der Statthalter die volle Aufmerksamkeit auf sich spürte, begann er laut zu dem grossen Weisen zu sprechen.

„Wie ihr wisst, bin ich erst seit kurzem Statthalter in dieser Stadt. Darum ist es mir eine grosse Ehre, dass ich zur Hochzeit des Flussgottes eingeladen wurde. Nun habe ich den weiten Weg auf mich genommen, um dem Flussgott höchstpersönlich zu begegnen. Es kann deshalb nicht sein, dass ich ihn nicht treffen sollte. Jemand muss ihm Bescheid geben, dass die Hochzeitsgesellschaft am Flussufer auf ihn wartet."

Eine Weile schwiegen die Weisen und sahen sich verwirrt an. So sprach Simen Bao weiter: „Es ist immer noch Tradition, dass der Bräutigam seine Braut abholen kommt. Jemand muss ihm deshalb mitteilen, dass seine Braut auf ihn wartet."

Weil immer noch niemand reagierte, sah sich Simen Bao um. Dann zeigte er auf die alte Hexe, welche Dany damals das Geld weggenommen hatte und rief: „Du! Gib dem Flussgott Bescheid, dass sich seine Braut am Flussufer befindet!"

Die Angesprochene sah verstört zum grossen Weisen, ratlos darüber, was von ihr verlangt wurde. Da sprach Kommandant Liu einen Befehl und sogleich traten zwei seiner Soldaten nach vorne. Diese packten die alte Hexe an den Armen, zerrten sie ans Ufer und ehe sie sich versah, wurde sie in den strömenden Fluss geworfen.

Kurze Zeit trieb sie auf dem Wasser, mit den Armen wild herum fuchtelnd, bevor sie auf der Höhe des Felsens im Fluss verschwand und nicht mehr auftauchte.

Beim Rat der Weisen machte sich entsetzen breit. Auch all die Menschen, welche sich am Fluss versammelt hatten, konnten ihren Augen nicht glauben. Alle starrten sie auf den Fluss, doch die alte Frau tauchte nicht mehr auf. Niemand wagte es etwas zu sagen. Alle Blicke richteten sich wieder auf Simen Bao, der jedoch stramm am Flussufer stand, so als erwarte er tatsächlich, dass der Flussgott im nächsten Augenblick aus seinem nassen Palast aufsteigen würde, um seine Braut abzuholen. Die Zeit verstrich, doch nichts geschah.

Es schien eine Ewigkeit vergangen zu sein, bis Simen Bao wieder seine Stimme erhob. „Das Weib macht eine schlechte Arbeit", stellte er unzufrieden fest. „Du, gehe Nachschauen wo der Bräutigam bleibt!" Sein Finger deutete diesmal auf den grossen Weisen, dessen Farbe sogleich aus seinem Gesicht wich. Doch bevor er ein Wort zu sagen vermochte, hatten ihn die beiden Soldaten bereits gepackt. Ihn ereilte dasselbe Schicksal wie seine Vorgängerin, denn kaum ins Wasser geworfen verschwand er bereits in den Fluten.

Dany beobachtete vom Felsen aus ungläubig das ganze Geschehen. Ihm kamen Jimmys Worte in den Sinn: „Es liegt nicht mehr an dir." In der Menge suchte er nach seinem Freund und fand ihn auch bald in der Nähe des Kommandanten Liu. Jimmy schien Dany's Augen auf sich zu spüren, denn auf einmal sah er in seine Richtung. Als sich ihre Blicke trafen nickte er ihm zu, ohne eine Miene zu verziehen.

Neue Hoffnung stieg in Dany auf. Er hielt es nun nicht mehr auf dem Felsen aus. Langsam stieg er hinab zum Flussufer und begann sich einen Weg durch die Menschenmenge zu bahnen, immer näher an den Schauplatz heran.

Derweil stand Simen Bao immer noch mit erhobener Brust und wachsamen Blick am Flussufer. Daneben befanden sich die übriggebliebenen Mitglieder vom Rat der Weisen. Sie alle waren verängstigt und entsetzt über das, was sich hier soeben abspielte. Jetzt waren sie plötzlich zu der Opfergabe geworden. Unruhig sahen sie sich an, wagten jedoch nicht miteinander zu sprechen. Dany bemerkte erst jetzt, dass sich die Soldaten unauffällig um diese herum positioniert hatten, so als wollten sie verhindern, dass einer von ihnen davonschleichen könnte.

Die Zeit verstrich nur langsam. Die Mittagssonne brannte vom Himmel. Obwohl nichts geschah, schwieg die ganze Menschenmenge verwirrt darüber, was bereits vorgefallen war und gespannt darauf, was noch geschehen sollte. Nur ab und zu warfen sich die Leute Blicke zu, so als wollten sie einander fragen: „Hast du das auch gesehen, was hier passiert ist?"

Dany entdeckte überraschend seine eigenen Eltern in der Menge. Er hatte nicht damit gerechnet, dass sie kommen würden. Als ihn sein Vater ebenfalls erblickte, griff dieser sogleich nach der Hand seiner Frau und beide kamen auf ihn zu. Als sie sich gegenüberstanden, schwiegen zuerst alle drei. Herr und Frau Wang sahen niedergeschlagen aus. Es war schliesslich sein Vater, welcher ihm die Hand auf die Schulter legte und ihm zunickte. Diese Geste bedeutete Dany mehr als tausend Worte. Soeben wollte er seinem Vater alles erklären, als Simen Bao erneut seine Stimme erhob. Gespannt richteten sich wieder alle Blicke auf den Statthalter.

„Bereits hat mein Schatten einen langen Weg zurückgelegt. Die beiden machen eine schlechte Arbeit. Es ist unanständig die Braut so lange warten zu lassen. Du, geh du nachschauen, wo die zwei Weisen mit dem Bräutigam bleiben."

Diesmal zeigte er auf den Weisen mit dem kantigen Gesicht. Dieser erschrak zu Tode als er den Finger von Simen Bao auf sich gerichtet sah. Bereits kamen die Soldaten auf ihn zu, als dieser laut schreiend vor Simen Bao auf die Knie fiel und seine Hände flehend in die Luft erhob: „Bitte, verschont mein Leben."

Sogleich taten es ihm die anderen beiden Hexen gleich und liessen sich ebenfalls auf ihre Knie fallen. Zitternd und weinend flehten nun alle drei um Gnade. Simen Bao jedoch gab sich überrascht: „Vor was soll ich euch verschonen? Ich will doch nur, dass jemand den Flussgott hierherholt."

„Aber es gibt doch keinen Flussgott", stammelte nun der Weise mit dem kantigen Gesicht verzweifelt.

Dany hatte die Worte deutlich vernommen, doch Simen Bao tat so, als hätte er ihn nicht verstanden. „Was hast du gesagt?"

„Es gibt keinen Flussgott", rief der Weise nun so laut, dass es die ganze versammelte Menschenmenge hören musste.

Simen Bao trat einen Schritt nach vorne und sah auf die vor ihm knienden Weisen hinunter: „Ich verstehe immer noch nicht. Wie soll es keinen Flussgott geben? Für wen waren dann all die Menschenopfer? Wollt ihr etwa behaupten, dass diese völlig nutzlos waren?"

Alle drei nickten beschämt mit ihrem Kopf. Und erneut sprach der Weise: „Es hat nie einen Flussgott gegeben. Der grosse Weise wählte jeweils ein Mädchen aus reichem Hause aus. Die Eltern waren bereit für das Leben ihrer Tochter viel Geld zu bezahlen."

Ein Raunen ging durch die Zuschauer, welche völlig erstaunt der Beichte des Weisen lauschten.

„Du meinst also, die Opfer waren nie dafür gedacht, den Flussgott milde zu stimmen?"

114

Der Weise nickte erneut. „Es gibt keinen Flussgott. Die Jungfrauen wurden jeweils durch den grossen Weisen ausgesucht."

„Ist das wahr?", erkundigte sich Simen Bao bei den anderen zwei Hexen, welche alle furchtsam nickten, es aber nicht wagten, ihm in die Augen zu blicken.

„Tötet sie!" „Mörder!" „Werft sie in den Fluss!" Die Menge erwachte aus ihrer Erstarrung und begann immer lauter und wütender den Tod des Weisen und der beiden Hexen zu fordern. Hätte Kommandant Liu nicht genügend Soldaten dabeigehabt, wäre die rachsüchtige Meute nicht mehr aufzuhalten gewesen, und die drei hätten noch vor Ort ihr Leben gelassen. Aber sogleich bildeten die Soldaten einen schützenden Ring um sie. Gleichzeitig rief Simen Bao das Volk zur Ruhe auf und nach einer kurzen Zeit hörten ihm die Leute wieder zu.

„Diejenigen, welche dies alles angezettelt haben, erhielten bereits ihre verdiente Strafe. Diese hier sollen aber ihre Strafe hinter Gittern absitzen."

Einige Leute brummten noch voller Unmut, doch die meisten zeigten sich damit zufrieden, dass die Urheber dieser Gräueltaten ihre Strafe erhalten hatten.

Simen Bao sprach noch weiter: „Das Vermögen, welches der Rat der Weisen angehäuft hat, wird unter den Familien verteilt, welche durch deren Geldgier ihre Tochter verloren haben. Ihr alle habt es gehört, es gibt weder einen Flussgott, noch hatte das Opfer einen Einfluss auf das Wetter und den Yangtse. Deshalb soll von heute an nie wieder eine Braut dem Flussgott geopfert werden. Und wenn es einen Weg gibt die Macht des Flusses zu bändigen, dann werde ich mich darum kümmern. Das verspreche ich."

Lauter Jubel brach jetzt unter dem Volk aus. Auch Dany fiel seinen Eltern glücklich um den Hals.

„Löst die Fesseln der Braut", befahl Kommandant Liu. Sogleich trat einer der Soldaten auf sie zu und schnitt die Fesseln mit einem Messer durch. Unterdessen wurden die drei Weisen, unter der Aufsicht von Kommandant Liu, weggeführt.

Dany konnte sich nicht mehr zurückhalten. Er rannte an den Soldaten vorbei zu Lian hin und hob glücklich ihren Schleier. Die Schminke, welche man ihr angebracht hatte, war verlaufen, doch auf ihren Lippen lag ein schüchternes Lächeln. „Ist nun wirklich alles vorbei?", fragte sie noch ungläubig.

„Ja", brachte Dany heiser hervor. Jetzt fiel ihm Lian glücklich um den Hals. Auch Lians Eltern waren zu ihr hingeeilt und nahmen sie glücklich in ihre Arme.

Als Simen Bao zu ihnen herantrat, sahen sie alle auf. Dany erhob sich als erster und verbeugte sich tief vor ihm: „Meine Worte mögen mein Verhalten Ihnen gegenüber nicht gutmachen, aber ich möchte mich ehrlich für alles entschuldigen und mich bei Ihnen bedanken."

„Sieh mal einer an", sprach Simen Bao und ein Lächeln huschte über sein Gesicht. „Ist das nicht der junge Herr, welcher sich erst noch vor einigen Tagen lautstark über den neuen Statthalter beschwert hatte?" Die Frage war an Jimmy gerichtet, der ebenfalls zu ihnen herangetreten war.

„Es tut mir leid. Ich habe Ihnen Unrecht getan", gab Dany beschämt zu und blickte zu Boden.

„Keine Sorge. Ich bin nicht nachtragend. Was ich jedoch nicht verzeihen würde wäre, wenn man mir dieses hübsche Mädchen nicht vorstellt."

Lian und ihre Eltern, welche sich inzwischen ebenfalls erhoben hatten, traten hervor und Lians Vater sprach mit einer Verbeugung: „Dies ist meine Tochter Lian Feng. Vielen Dank, dass Sie Lian gerettet haben."

„Da gibt es nichts zu danken. Es war mir sogar ein grosses Vergnügen, diese Betrüger zu entlarven und ihnen den Garaus zu machen."

„Sie haben mir mein Leben gerettet", reihte sich auch Lian in die Danksagung ein, doch Simen Bao hob nun abwehrend seine Hand. „Ihr alle müsst euch nicht bei mir bedanken. Dieser junge Mann hat alles Erdenkliche getan, um dein Leben zu retten. Wer weiss, wie viele Schläge er in den letzten Tagen einstecken musste. Ihm gebührt der wahre Dank und ohne ihn hätte ich vielleicht nie von diesem unrühmlichen Brauch vernommen."

Alle Blicke waren nun auf Dany gerichtet, der verlegen zu Boden sah.

„Ich finde, ich bin für heute lange genug an der Sonne gestanden", stellte Simen Bao fest und zupfte seine Uniform zu Recht. Er wandte sich an Jimmy: „Den Rest überlasse ich dir. Du weisst ja Bescheid."

Jimmy nickte und wartete, bis sich der Statthalter mit den verbliebenen Soldaten entfernt hatte.

„Ich hoffe, die Herrschaften erlauben es mir, den jungen Helden beiseite zu nehmen?" Jimmy blickte zuerst zu Lian und fügte dann an Dany gerichtet hinzu: „Ich habe mit dir noch was unter vier Augen zu bereden."

Sie beide traten etwas beiseite, so dass sie unter sich waren. Jimmy zog Geld aus seiner Tasche hervor und hielt es Dany entgegen.

„Ich habe dies gemeinsam mit deinem Beutel heute Morgen auf deinem Bett gefunden. Hattest du etwa vor, dich ebenfalls in den Fluss zu stürzen?"

Dany nahm das Messer aus seiner Tasche. „Ich hatte nicht vor, mit ihr zu sterben. Wäre mein Plan aber misslungen, hätte ich den Tod in Kauf genommen, denn ohne sie schien mir mein Leben wertlos."

„Was hattest du vor?", wollte Jimmy genauer wissen.

„Ich hätte mich vom Felsen ins Wasser gestürzt, sobald das Floss in den Fluss geschoben worden wäre. Wenn es mir gelungen wäre das Floss zu erreichen, hätte ich Lian's Fesseln mit dem Messer durchtrennen können. Und dann hätte das Schicksal entschieden. Mit Glück hätten wir uns am Floss, oder dem was davon übriggeblieben wäre, festhalten und forttreiben lassen können. Hätte dies nicht geklappt, wären wir beide gemeinsam ertrunken."

Jimmy schüttelte bestürzt seinen Kopf: „Ich glaube, mir ist noch nie jemand begegnet, der so verliebt war. Eine Sache musst du mir deshalb versprechen."

„Was?"

„Ich erwarte, dass du mich zu eurer Hochzeit einlädst." Ein Lächeln zeigte sich auf Jimmys Gesicht.

„Sogar wenn du mich nicht gefragt hättest, wärst du trotzdem der erste gewesen, den ich eingeladen hätte."

„Gut, dann betrachte dies bereits als Vorschuss für euer Hochzeitfest." Jimmy gab ihm das Geld zurück, welches Dany im Gasthaus zurückgelassen hatte. Dieser nahm es an sich und wurde wieder ernst.

„Dieses Geld wird dazu dienen, die Schulden bei einem Freund zu begleichen." Bereits wollte Dany sich wieder zu Lian begeben, doch Jimmy hielt ihn noch zurück.

„Ich finde, es gibt etwas, dass du wissen solltest", sprach Jimmy weiter. „Was dich betraf, habe ich Simen Bao stets auf dem Laufenden gehalten. Er befürchtete bereits, dass du eine weitere Dummheit begehen könntest. Da er wusste, dass das Volk nur von dem Aberglauben ablassen würde, wenn die Mitglieder vom der Rat der Weisen ihren Betrug selbst gestehen, musste er dich in Unwissenheit lassen. Doch zu alldem benötigte er auch die Braut, weshalb er eure Flucht verhindern musste. Er war es auch, welcher mir erlaubt hatte, dass ich dich zu Lian führe, damit du sie sehen kannst."

„Ich sehe ein, dass ich ihm von Anfang an Unrecht getan habe", erkannte Dany beschämt.

„Und da ist noch was. Simen Bao war von Anfang an klar, dass er einen solch mutigen Mann wie dich gut gebrauchen kann."

„Ich war aber nicht immer so mutig", gab Dany ehrlich zu.

„Was war, ist vorbei. Das was zählt ist, wie du jetzt bist. Und da du deine Arbeit verloren hast, bietet Simen Bao dir eine Anstellung bei ihm an."

„Aber mit meinem hinkenden Bein kann ich doch kein Soldat werden?", überlegte Dany laut.

„Wer spricht denn davon, dass du Soldat werden sollst? Simen Bao erwartet von dir, dass du dich in den nächsten Tagen bei ihm meldest. Er wird dann entscheiden, wo er dich deinen Fähigkeiten entsprechend einsetzen wird."

„Ist das wahr?"

Glücklich riss Dany seine Arme in die Höhe und rief erfreut: „Endlich meint es das Schicksal wieder gut mit mir."

„Wenn du mich fragst, hat es das Schicksal die ganze Zeit gut mit dir gemeint. Es hat vielleicht nur einen etwas unangenehmen Weg dazu ausgewählt."

Jetzt sah Dany seinen Freund mit strahlenden Augen an und umarmte ihn dankbar.

21

Bereits am nächsten Tag war Dany bei Simen Bao vorstellig geworden und hatte von ihm keine geringere Stelle als ein Amt in seinem Beraterteam erhalten. Simen Bao war davon überzeugt, dass Dany einen guten Ratgeber abgab, weil dieser mit Gewissheit kein Blatt vor den Mund nehmen würde, wenn er mit einer Sache nicht zufrieden war.

Freundlicherweise gab ihm Simen Bao zuerst noch einige Tage frei, damit er sich um Lian kümmern konnte. Diese blieb die ersten Tage bei ihren Eltern, um sich von der ganzen Aufregung der vergangenen Wochen zu erholen. Dany besuchte sie dort jeden Tag.

Die freien Tage nutzte Dany zudem, um noch einige Dinge in Ordnung zu bringen, welche ihm auf der Seele brannten. So begab er sich an einem frühen Morgen, mit einem Bündel unter seinem Arm, zu der Familie Kong. Im Hause wurde er herzlich willkommen geheissen, denn seine grosse Tat hatte sich auch bis zu seinem ehemaligen Chef herumgesprochen. Frau Kong zeigte sich ihm gegenüber auf einmal äusserst zuvorkommend und Herr Kong bot ihm sogleich eine neue Arbeitsstelle in seinem Haus an. Dany jedoch lehnte dankend ab. Er war nicht wegen der Arbeit gekommen, sondern um mit Yule zu sprechen.

Yule selbst war erstaunt, als sie erfuhr, dass Dany mit ihr sprechen wollte. Um ungestört zu sein, begaben sich die beiden zum Fischteich, wo sich Yule auf einen Stein setzte. Neugierig sah sie Dany an.

„Ich bin hier, um mich bei dir zu bedanken. Nur dank deinem Hinweis kam ich auf die Idee mit dem Rat der Weisen zu sprechen. Auch wenn am Anfang alles was geschah als grosses Unglück erschien, hatte es am Ende doch sein Gutes. Wenn du mir dein Wissen aber nicht offenbart hättest, wäre Lian nicht gerettet worden, und noch schlimmer, hätten die Opfer für den Flussgott vielleicht nie aufgehört."

„Ich muss mich bei dir bedanken", entgegnete Yule. „Du hast dein Wort gehalten und niemanden verraten, von wem du dies alles gewusst hast."

„Ich werde auch weiterhin mein Wort halten. Niemand wird davon erfahren. Und ich werde auch niemanden sagen, dass du eine der Auserwählten warst, die von ihren Eltern losgekauft worden ist."

Yule sah ihn erschrocken an: „Du hast es gewusst?"

„Ich habe es mir zusammengereimt. Wie sonst hättest du von all dem Wissen können? Zudem habe ich damals die alte Hexe und den Weisen gesehen, als diese deinen Vater aufgesucht haben."

„Ich bin so froh, dass an meiner Stelle kein anderes Mädchen sterben musste." Yule stiegen Tränen in die Augen. „Das schlimmste an der ganzen Sache war, dass ich mich über mein zurückerhaltenes Leben nicht freuen konnte, da ich wusste, dass für mich jemand anderes hätte Sterben müssen." Mit ihren Ärmeln wischte sich Yule über ihre Augen.

Dany schwieg einen Augenblick. Bereits wollte er gehen, als er sich doch noch einmal an Yule wandte. „In all den Jahren warst du immer gerecht zu mir. Dafür möchte ich mich bei dir bedanken. Und falls du einmal Hilfe benötigst, kannst du dich jederzeit an mich wenden."

Beide sahen sich an. Schliesslich nickte ihr Dany zum Gruss zu und liess sie alleine. Es war alles gesagt, was gesagt werden musste.

Jedoch verliess er noch nicht das Grundstück der Familie Kong. Es gab nämlich noch eine weitere Person, die er aufsuchen wollte. Einer der Angestellten verriet Dany, wo er Weiwu finden konnte. Dieser war gerade damit beschäftigt einen Gartenzaun zu reparieren. Sobald Weiwu ihn erblickte, legte er das Werkzeug aus seiner Hand und trat auf ihn zu.

„Dany. Ich bin froh dich zu sehen."

„Ich bin gekommen, um mich bei dir zu entschuldigen."

„Was?" Weiwu war überrascht. „Wieso willst du dich entschuldigen? Der einzige, der im Unrecht war und unsere Freundschaft mit Füssen getreten hat, war ich."

„Nein." Dany hob abwehrend die Hand. „Nicht nur, dass ich dir Ärger bereitet habe, als du mir mitgeteilt hast, dass Lian vom Flussgott als Braut auserwählt wurde. Ich habe auch mein Versprechen nicht gehalten, dir das Gewand wieder im tadellosen Zustand zurück zu bringen. Für mich hat sich in den letzten Wochen alles nur um Lian gedreht, wobei ich unsere Freundschaft völlig ausser Acht gelassen habe."

Weiwu schüttelte seinen Kopf. „Das mag zwar stimmen. Aber dafür hast du mir in den letzten Wochen gezeigt, was wahre Freundschaft ist. Es tut mir leid, dass ich nicht für dich da war, als du meine Hilfe am meisten benötigt hast."

Dany streckte Weiwu ein Bündel entgegen, welches er die ganze Zeit in seiner Hand gehalten hatte. „Ich habe dir etwas mitgebracht."

Weiwu griff danach ohne es zu öffnen. „Ein neues Gewand?"

„Ich denke, wir sind nun Quitt."

„Nicht ganz."

Dany sah Weiwu überrascht an. „Wie? Nicht ganz?"

„Ich schulde dir immer noch einen gefallen dafür, dass du für mich die Kühe gehütet hast."

Beide mussten lachen.

„Ich werde gerne darauf zurückkommen, wenn ich was von dir benötige." Dany hob zum Abschied seine Hand.

„Ich zähle darauf." Auch Weiwu hob seine Hand zum Gruss und sah seinem Freund nach.

Jetzt gab es für Dany nur noch eine letzte Sache, welche er zu erledigen hatte.

22

Zwei Wochen waren seit den Ereignissen am Yangtse vergangen. Dany und Lian hatten sich gemeinsam ans Flussufer begeben, um spazieren zu gehen. Für Lian war es das erste Mal seit ihrer Errettung, dass sie sich wieder so nahe ans Wasser wagte. Doch Dany war an ihrer Seite, weshalb sie sich nicht fürchtete. Auf einmal stoppte Dany und stellte sich direkt vor sie hin.

„Weisst du noch, worüber wir zuletzt gesprochen haben, als ich dich in der Gefängniszelle besucht habe?"

„Da gab es einiges," überlegte sie.

Dany zog ein Armband aus seiner Tasche. Es war genau das Freundschaftsarmband, welches er Lian vor einiger Zeit geschenkt hatte.

„Du hast mir gesagt, dass ich das Armband meiner zukünftigen Frau geben soll. Ich habe gestern bei deinen Eltern um deine Hand angehalten. Meine Eltern, wie auch deine Eltern sind mit dieser Vermählung einverstanden."

„Jemanden hast du aber noch vergessen zu fragen." Lian machte ein gespielt, beleidigtes Gesicht.

„Lian, ich liebe dich und will den Rest meines Lebens mit dir verbringen. Darum frage ich dich: Willst du meine Frau werden?"

Lian hielt ihren Zeigefinger an ihre Lippen und tat so, als müsste sie zuerst nachdenken. Dabei sah sie Dany aber verliebt an.

„Es ist die einzige Möglichkeit, wenn du das Armband wieder zurückerhalten willst", meinte Dany schmunzelnd.

„Wenn das so ist: Ja, ja, ja!", schrie Lian die Worte hinaus, so dass die Kühe auf der Weide neugierig ihre Köpfe erhoben. Glücklich fiel sie Dany um den Hals.

Als sich die beiden aus der Umarmung lösten, nahm Dany das Armband und band es vorsichtig um ihr Handgelenk. Einen Augenblick betrachtete Lian das Symbol ihrer Liebe. Dann lehnte sie sich nach vorne und küsste Dany zärtlich auf den Mund.